U0921560

日本古典名著图读书系

源氏物语图典

叶渭渠 主编
［日］紫式部 著
叶渭渠 译

上海文化出版社

图书在版编目（CIP）数据

源氏物语图典 /（日）紫式部著；叶渭渠译．—上海：上海文化出版社，2018.7

（日本古典名著图读书系）

ISBN 978-7-5535-1284-6

Ⅰ．①源… Ⅱ．①紫… ②叶… Ⅲ．①长篇小说—日本—中世纪 Ⅳ．①I313.43

中国版本图书馆 CIP 数据核字（2018）第 151814 号

出 版 人：姜逸青
策 划 人：贺鹏飞
责任编辑：何智明
特约编辑：苑浩泰　张　莉
装帧设计：灵动视线

书　　名：源氏物语图典
作　　者：（日）紫式部
译　　者：叶渭渠
出　　版：上海世纪出版集团　上海文化出版社
地　　址：上海市绍兴路 7 号　200020
发　　行：上海文艺出版社发行中心
　　　　　上海福建中路 193 号　200001　www.ewen.co
印　　刷：北京京都六环印刷厂
开　　本：889 × 1194　1/24
印　　张：11
印　　次：2018 年 10 月第一版　2018 年 10 月第一次印刷
国际书号：ISBN 978-7-5535-1284-6 / I.480
定　　价：69.80 元
告 读 者：如发现本书有质量问题请与印刷厂质量科联系　T：010-85376178

几度绚丽的彩虹

（代总序）

叶渭渠

彩虹是绚丽的。

日本古典名著图典的“绘卷”，就像几度绚丽的彩虹。

日本的所谓“绘卷”，是将从中国传入的“唐绘”日本化，成为“大和绘”的主体组成部分。11 世纪初诞生的《源氏物语》就已有谈论《竹取物语绘卷》和《伊势物语绘卷》的记载。换句话说，最早的“物语绘卷”此前已诞生了。它是由“绘画”（“大和绘”）和“词书”组成。丰富多彩的绘画，可以加深“物语”的文化底蕴，立体而形象地再现作家在文本中所追求的美的情愫。而“词书”则反映物语的本文，帮助在“绘卷”中了解物语文本。这样，既可以满足人们对文本的审美需求，也可以扩大审美的空间，让人们在图文并茂的“物语绘卷”中得到更大的愉悦，更多的享受，更丰富的美之宴。

我们编选的这五部古典名著图典的源泉，来自日本古典名著《枕草子》、《源氏物语》、《竹取物语》、《伊势物语》、《平家物语》所具有的日本美的特质。换言之，在这些物语或草子的“绘卷”中，自然也明显地体现了日本文学之美。

我们读这些“绘卷”——日本古典名著图典，不是可以重新燃起对《枕草子》、《源氏物语》、《竹取物语》、《伊势物语》、《平家物语》的热情和对这些古典的憧憬吗！不是也可以同样找到日本美的特质，触动日本美的魂灵，体味日本美的情愫吗！总之，我们像从日本古典名著中可以读到日本美一样，也同样可以从这些图典中发现日本美。

《枕草子图典》，内容丰富，涉及四季的节令、情趣，宫中的礼仪、佛事人事，都城的山水、花鸟、草木、日月星辰等自然景象，以及宫中主家各种人物形象，这些在“绘卷”画师笔下生动地描绘了出来，使洗炼的美达到了极致，展现了《枕草子》所表现的宫廷生活之美、作者所憧憬的理想之美。

《源氏物语图典》，规模宏大，它不仅将各回的故事、主人公的微妙心理和人物相互间的纠葛，还有人物与自然的心灵交流，惟妙惟肖地表现在画面上，而且将《源氏物语》的“宿命轮回”思想和“物哀”精神融入绘画之中，将《源氏物语》文本审美的神髓出色地表现出来，颇具优美典雅的魅力与高度洗炼的艺术美。

《竹取物语图典》，在不同时代的“绘卷”中，共同展现了这部“物语文学”鼻祖的“伐竹”、“化生”、“求婚”、“升天”、“散花”等各个场面，联接天上与人间，跃动着各式人物，具现了一个构成物语中心画面的现实与幻梦交织的世界，一个幽玄美、幻想美的世界。

《伊势物语图典》，“绘卷”忠实地活现了物语中王朝贵族潇洒的恋爱故事，运用优雅的色与线，编织出一个又一个浪漫的梦，充溢着丰富的抒情性之美。“词书”的和歌，表达了人物爱恋的心境和人物感情的交流，富含余情与余韵。“绘画”配以“词书”，合奏出一曲又一曲日本古典美的交响。

《平家物语图典》，形式多样，从物语绘、屏风绘、隔扇绘、扇面绘等，场面壮观，以表现作为武士英雄象征的人物群像为主，描写自然景物为辅。它们继承传统“绘卷”的雅致风格，追求场景的动的变化和场面的壮伟，具有一种感动的力量，一种震撼的力量。

这五部古典名著图典一幅接连一幅地展现了日本古典美的世界、日本古代人感情的世界、日本古代历史画卷的世界。观赏者可以从中得到人生与美的对照！可以从中诱发出对日本古代的历史想象和历史激情！

从这五部古典名著图典中，可以形象地观赏这几度彩虹的美，发现日本美的存在，得到至真至纯的美的享受！

目录

导　读

叶渭渠

《源氏物语》是日本古典名著，被誉为日本物语文学的高峰之作，有日本《红楼梦》之称。实际上，它比《红楼梦》问世早七百余年，是世界第一部长篇写实小说。作者紫式部的名字，不仅永载于日本文学史册，而且享誉世界文坛，1964年联合国教科文组织将她选定为“世界五大伟人”之一。

紫式部出身中层贵族、书香门第世家，自幼受家庭环境的熏陶，博览其父收藏的汉籍，特别是白居易的诗文，很有汉学素养，对佛学和音乐、美术、服饰也多有研究，学艺造诣颇深，造就了她向文学发展的机运。青春时代，紫式部面对岁数比自己年长二十六岁且已有妻妾多人的时任筑前守的藤原宣孝向她求婚，决然随调任越前守的父亲离开京城，远走越前地方，逃避了她无法接受的这一现实。宣孝却穷追不舍，甚至在恋文上涂上了红色，以示“此乃吾思汝之泪色”。她的芳心被打动了，遂独身回京，嫁给宣孝，婚后生育了一女。结婚未满三年，丈夫

因染流行疫病而逝世。从此芳年守寡，过着孤苦的孀居生活，她对自己人生的不幸深感悲哀，对自己的前途几陷于失望，曾作歌多首，吐露了自己力不从心的痛苦、哀伤和绝望的心境。其中一首歌悲吟道：“我身我心难相应，奈何未达彻悟性。”

其时一条天皇册立太政大臣藤原道长的长女彰子为中宫。紫式部被召入宫，给彰子讲解《日本书纪》和白居易的诗文，有机会显示她的才华，博得天皇和彰子的赏识，受到天皇赐她一个“日本纪的御局”的美称，获得很优厚的礼遇。她有机会更多观览宫中的藏书和艺术精品，直接接触宫廷的内部生活，对妇女的不幸有了全面的观察和深入的了解，同时对贵族社会存在不可克服的矛盾和衰落的发展趋向也有较深的感受。但是，她又屈从于藤原道长的威权，不得不侍奉彰子，于是作歌一首：“凝望水鸟池中游，我身在世如萍浮，”以抒发自己无奈的苦闷胸臆，还赋歌一首：“独自嗟叹命多舛，身居宫中思绪乱，”流露了自己入宫后紊乱的思绪。她在日记里，也不时将自己虽身在宫里，但却不能融合在其中的不安与苦恼表现了出来。可以说，紫式部长期在宫廷的生活体验，以及经历了同时代妇女的精神炼狱，孕育了她的文学胚胎，厚积了第一手资料，为她创作《源氏物语》打下了坚实的基础。

《源氏物语》是以藤原道长摄政下的平安王朝贵族社会盛极而衰这段历史为

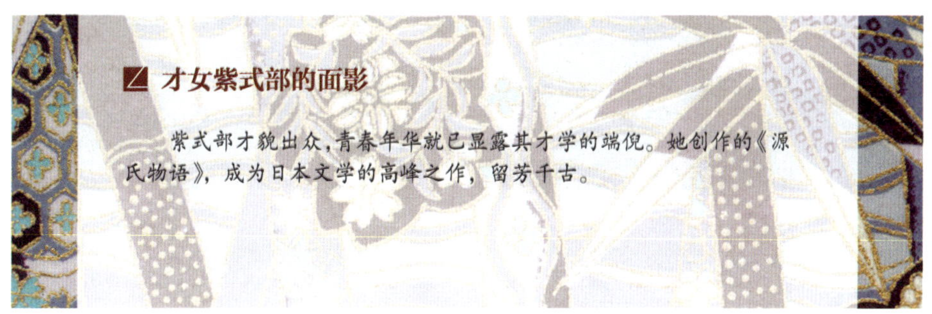

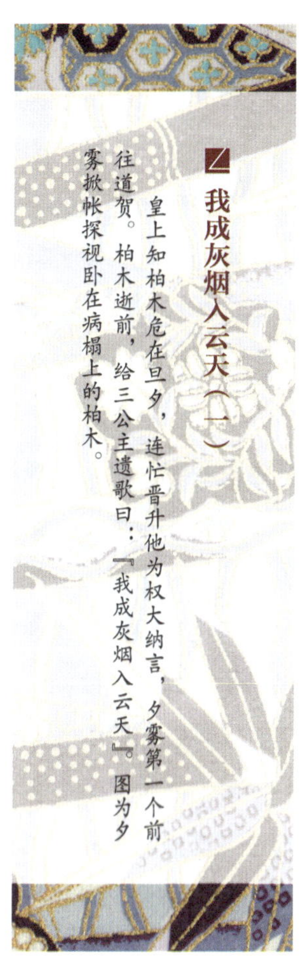

我成灰烟入云天（一）

皇上知柏木危在旦夕，连忙晋升他为权大纳言，夕雾第一个前往道贺。柏木逝前，给三公主遗歌曰：『我成灰烟入云天』。图为夕雾掀帐探视卧在病榻上的柏木。

背景，通过主人公源氏的生活经历和爱情故事，描写了当时贵族政治联姻、垄断权力的腐败政治与淫逸生活，并以典型的艺术形象，真实地反映了这个时代的面貌和妇女的命运。

小说写了以源氏为代表的皇室一派和以弘徽殿女御为代表的外戚一派之间的矛盾和斗争，也写了源氏的爱恋、婚姻，来反映一夫多妻制下妇女的欢乐、愉悦、哀愁与悲惨的命运。紫式部作了这样的描写：左大臣把自己的女儿葵姬许配给源氏，是为了加强自己的声势。朱雀天皇在源氏得势之时，将年方十六岁的女儿三公主嫁给了源氏。就连政敌右大臣，发现源氏和自己的女儿胧月夜偷情，也拟将她许配给源氏，以图分化源氏一派等。这些描写大胆而机巧，是紫式部将自己周围的现实生活的艺术概括，以及将相关的人物化为艺术的形象。

紫式部笔下的众多妇女形象，有身份高贵的，也有身世低微的，但她们的处境都是一样，不仅成了贵族政治斗争的工具，也成了贵族男人手中的玩物。小说着墨最多的是源氏及其上下三代人对妇女的态度。源氏的父皇玩弄了更衣，由于她出身寒微，在宫中备受冷落，最后屈死于权力斗争之中。源氏依仗自己的权势，糟蹋了不少妇女：半夜闯进地方官夫人空蝉的居室玷污了这个有夫之妇；践踏了出身卑贱的夕颜的爱情，使她郁郁而死；看见继母藤壶肖似自己的母亲，由思慕进而与她发生乱伦关系；闯入家道中落的末摘花的内室调戏她，发现她长相丑陋，又加以奚落。此外，源氏对紫姬、明石姬等许多不同身份的女子，也都大体如此。在后十回里出现的源氏继承人薰君（他名义上是源氏与其妾三公主之子，实际上是三公主与源氏的妻舅之子柏木私通所生）以及丹穗亲王以爱情戏弄了孤苦伶仃的弱女浮舟，又怕事情败露，把她弃置在荒凉的宇治山庄。在这些故事里可以看出：这些乱伦关系和堕落生活，是政治腐败的一种反映，和他们在政治上的式微与衰亡有着因果的关系。紫式部描写了源氏营造的六条院，原是被世人誉为琼楼玉宇，源氏逝后“必然被人抛舍，荒废殆尽”，并慨叹“此种人世无常之相，实在伤心惨目”，更证明了紫式部对贵族社会走向崩溃的趋势是有强烈的预感的。

总之，《源氏物语》堪称为一幅历史画卷。当然，从紫式部本人来说，她既感到“这个恶浊可叹的末世……总是越来越坏”，不满当时的社会现实，哀叹贵族社会的没落，却又无法彻底否定这个贵族社会，更未能自觉认识这个贵族阶级退出政治舞台的历史必然性，所以她在触及贵族政治腐败的时候，一方面谴责了弘徽殿一派的政治野心和独断专行，另一方面又袒护源氏一派，并企图将源氏理想化，作为自己政治上的希望和寄托，对源氏政治生命的完结不胜其悲。书中第四十一回只有“云隐”题名而无正文，以这种奇特的表现手法来暗喻源氏的结局，正透露了紫式部的哀婉心情。

紫式部的这种双重的性格，在写到妇女命运的时候也表现了出来。她一方面同情受侮辱、受损害的女性，尤其是塑造了空蝉和浮舟这两个具有反抗性格的妇

我成灰烟入云天（二）

图为夕雾掀起帏帐探视卧在病榻上的柏木。此图为“我成灰烟入云天（一）”的局部放大。

女形象。空蝉作为一个有夫之妇，在源氏的执拗的追求下，一度有过动摇，但最终毅然拒绝源氏的非礼行为，失去惟一依靠的丈夫之后，仍然没有屈从于源氏而削发为尼。浮舟被许配给人家，后因身世卑贱而遭退婚，被薰君的爱情作弄后，也同样因身份的关系而被藏匿在荒凉的宇治山庄，终因走投无路，跳进了宇治川，获救后也出家了。这种行为，可以说是一种抗争，尽管这是一种消极的抗争。但另一方面，紫式部又把源氏辈写成一个有始有终的庇护者，比如空蝉丧夫后，源氏仍未能忘情；浮舟孤守宇治后，薰君还前去安慰，如此这般，给予同情和肯定，无不是将源氏辈人物加以理想化。

《源氏物语》在艺术上取得了很大的艺术成就，全书共五十四回，近百万字。故事涉及三代，经历七十余年，出场人物四百余人，主要角色也有二三十人，其中多为上层贵族，也有中下层贵族，乃至宫廷侍女、平民百姓。紫式部对这些人物描写得细致入微，说明她深入探索了不同人物的丰富多姿的性格特色和曲折复杂的内心世界，使其各具鲜明个性，因而写出来的人物形象栩栩如生，富有艺术感染力。

与此同时，紫式部在书中尽展宫廷春夏秋冬的四时行事和自然景物，尤其是对于四季自然景物的描写，成为四时行事场面描写的重要组成部分，常常是在这些叙事场面中出现，以增加抒情的艺术效果。而且一年春夏秋冬的各种风物，都是随人物感情的变化而有所选择，其中以秋的自然和雪月景物为最多，这是与《源氏物语》以哀愁为主调直接相连的，因为秋景的空、忧郁、虚无飘渺的景象，最容易抒发人物的无常哀感和无常美感，最能体现其“物哀美”的真髓，同时也可以让人物从这种秋的自然中求得解脱，来摆脱人生的苦恼和悲愁。最典型的是“宇治十回”的“浮舟”一回的小野草庵明澄的秋月之夜，庭院丛生的秋草丛的一节描写，映衬此时浮舟栖身宇治的孤苦心境；然而“桥姬”一回则是例外，将薰君

与女公子们交际中所展现的人物的风流情怀，尽倾在“夜雾弥漫的朦胧淡月”下，使自然带上人情的或悲苦或喜乐的多种色彩。在“帚木”一回的“雨夜品评”中，描写与源氏等贵族青年男子在景淑舍里品评仕奉宫中的女官们的容貌风姿和心理状态时，以岑寂的长长夜雨下庭院残菊颜色斑烂、红叶散乱的颇有情趣的景色，使人联想起古昔的哀情小说，以烘托他们的闲情逸趣，制造出一种风雅甚或风流的氛围。

总之，紫式部将四季自然和物象，与自己的思想、感情、情绪乃至想象力协调而开拓自然美、人情美，进而升华为艺术美。它们与上述的“历史画卷”相辅相成，赋予更浓厚的人间生活气息，艺术地展开了一幅多姿多彩的“四季画卷”，给人更多美的享受。

紫式部创作《源氏物语》，还开放性地吸收了中国文化、文学思想，接受了中国的佛教“恩果报应”思想的渗透，贯穿了“无常、罪业、宿命”三大佛教的理念。即它是以“无常意识”、“原罪意识”、“宿命意识”，结合人与事的发展而展开的主要思想。这些佛教思想的表现，是从佛教美学出发，与作者的审美主体是紧密相联，从中营造和丰富其“哀”与“物哀”的审美情趣。

《源氏物语》广泛活用了《礼记》、《战国策》、《史记》、《汉书》、《文选》、《白

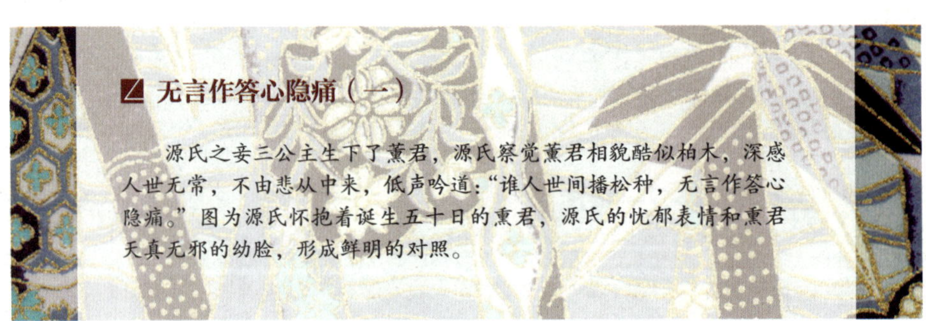

无言作答心隐痛（一）

源氏之妾三公主生下了薰君，源氏察觉薰君相貌酷似柏木，深感人世无常，不由悲从中来，低声吟道：“谁人世间播松种，无言作答心隐痛。”图为源氏怀抱着诞生五十日的熏君，源氏的忧郁表情和熏君天真无邪的幼脸，形成鲜明的对照。

氏文集》、《诗经》、《游仙窟》等中国古籍中的史实和典故，引用了原文。尤其是《白氏文集》与《源氏物语》有着不可分割的血肉联系。

从文学观来看，白居易主张彻底的人生的艺术观，坚持现实主义与浪漫主义结合的创作方向。他在《新乐府》的自序中强调："其辞质而径，欲见之者易喻也；其言直而切，欲闻之者深诫也；其事而实，使采之者传信也；其体顺而肆，可以播于乐章歌曲也。总而言之，为君，为民，为物，为事而作，不为文而作也。"同时，他在《策林》中说："大凡人之感于事，则以劝于情，然后兴于嗟叹，发于吟咏，而形于歌诗矣。"这是白氏文学论的核心。《源氏物语》的紫式部的文学观，建立在日本传统的写实的"真实"和浪漫的"物哀"的基础上，同时大量吸收白居易上述的文学理念，并且调适和融合二者，从而形成自己独特的文学性格。

紫式部在《源氏物语》"萤"一回中，通过源氏与玉的议论来表述自己的写实的文学观时，曾谈及她的《源氏物语》都是写世间真人真事。观之不足，听之不足，但觉此种情节不能笼闭在一人心中，必须传告后世之人，于是执笔而作。这些都是真情真事，并非世外之谈。中国小说与日本小说各异，同是日本小说，古代与现代亦不相同。内容之深浅各有差异，若一概指斥为空言，则亦不符合事实。她在"蝴蝶"一回中又说："一切物语，都是写人情世态，写种种心理，读物语自然了解世相，了解人的行为和心理，这是读物语的人首先应该考虑的。"

紫式部在这里首先主张物语应该写真实，即使虚构部分，也应该包括真实；其次，称赞物语的"了解世相"的功能。《源氏物语》正体现了紫式部的这种写实的"真实"的文学观。它表现的内容以真实性为中心，如实地描绘了她所亲自接触到的宫廷生活的现实，不是凭空想写出来的。紫式部这种文学观，以及根据这一文学观的创作实践，固然源于日本古代文学的"真实"思想，但也不能否认她受到白居易的上述写实主义文学观的影响，在文学植根于现实生活，是现实生

活的反映这一点上，不难发现两者的近似性。

当然，白居易对《源氏物语》影响最大的还是《长恨歌》。白氏的《长恨歌》是讽喻诗还是感伤诗，众说纷纭。一说认为这篇长叙事诗主旨在讽喻，根据历史真实，写了天宝后期由于唐明皇耽于淫乐，而导致安史之乱的爆发，招来惨重的灾祸，造成绵绵的长恨，作者借此批评了唐明皇的荒淫误国。一说认为主题是表现和歌颂爱情，写了李隆基和杨贵妃的深情，作者借此表达了对李杨的同情与哀怜。另一说认为两者的论据难以成立，即既非讽喻，也非感伤，而是通过李杨的爱情故事，告诫世人不可重色纵欲，以免招来终身长恨的悲剧。《源氏物语》是讽喻还是感伤，也众说纷纭。不过紫式部从另一角度写源氏三代的爱情悲剧，既有讽喻，又有同情，恐怕不能说与《长恨歌》所表现的讽喻性与感伤性不无影响吧。在文学观来说，两者都坚持了写实与浪漫的结合，所不同的是，两者各自根植于自己民族文化的土壤上，对审美观做出自己的解释，创造出各自的文学之美罢了。

从思想结构来说，从上述文学观可以说明，《长恨歌》的思想结构是重层的，讽喻与感伤兼而有之。这对于《源氏物语》的思想结构形成的影响是巨大的，而且成为贯于全书的主题思想。这两部作品并非纯爱情类，而是通过爱情的故事，展开各自时代的历史画卷，具有明显的讽喻性。这一点，除了上述文学观谈到的

无言作答心隐痛（二）

图为源氏怀抱着诞生五十日的熏君，源氏的忧郁的表情和熏君天真无邪的幼脸，形成鲜明的对照，此图为“无言作答心隐痛（一）”局部放大。

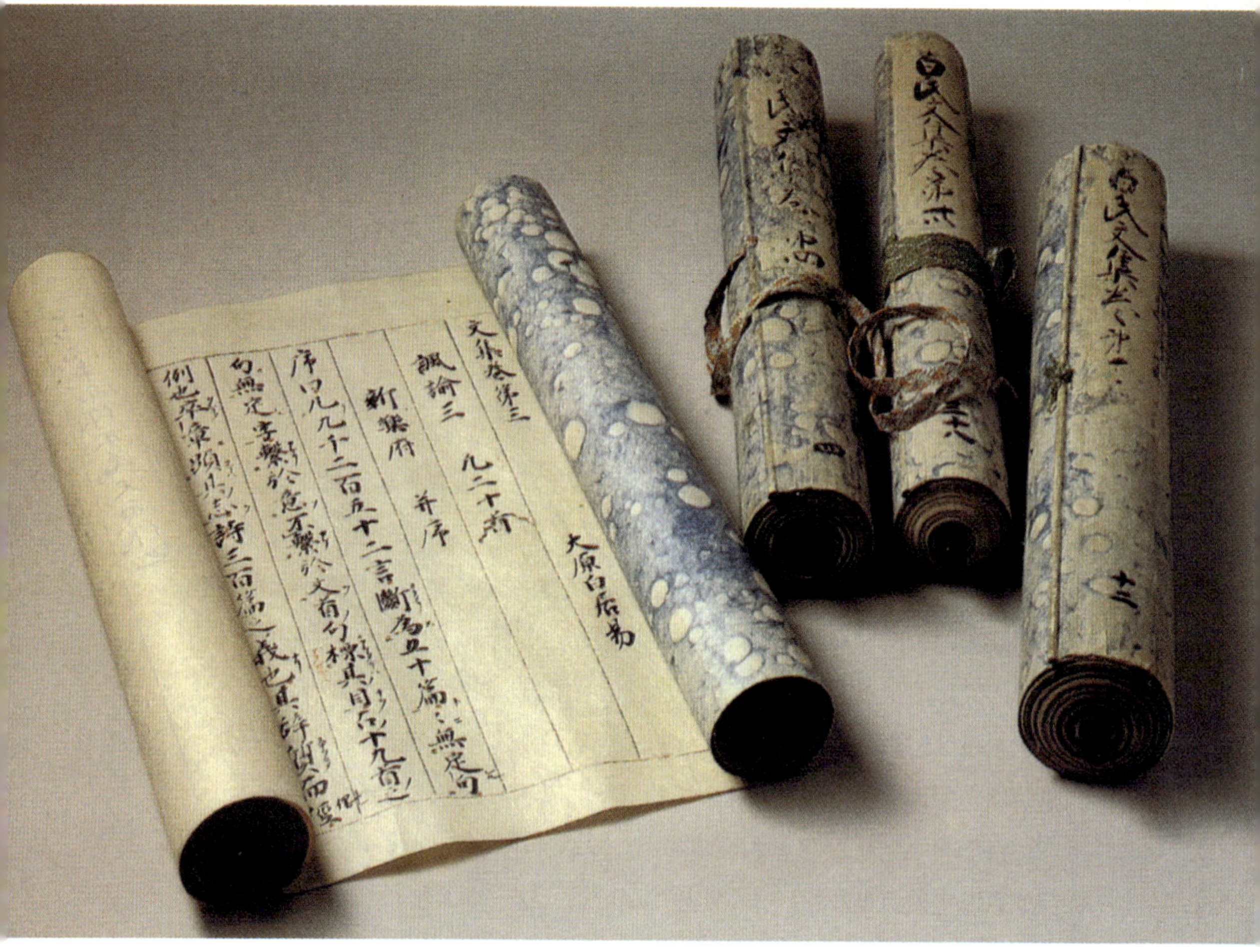

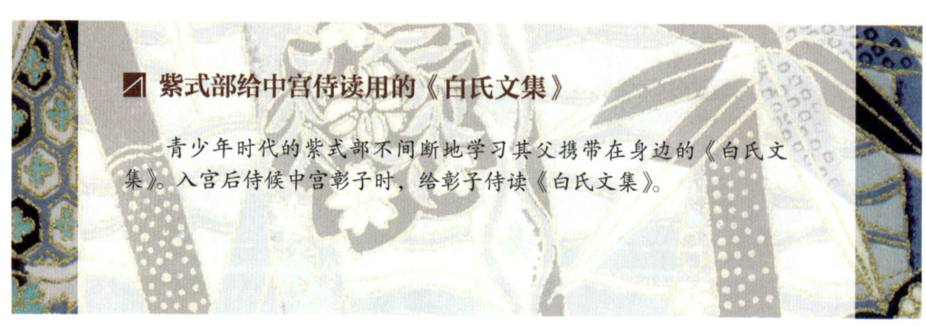

紫式部给中宫侍读用的《白氏文集》

青少年时代的紫式部不间断地学习其父携带在身边的《白氏文集》。入宫后侍候中宫彰子时，给彰子侍读《白氏文集》。

论点外，似乎还可以举出：

《长恨歌》的讽喻意味表现在，对唐明皇的荒淫以及与其密切相关的种种弊政进行揭露，开首就道明“汉皇重色思倾国”，以预示唐朝盛极而衰的历史发展趋势。《源氏物语》也与这一思想相呼应，通过源氏上下三代人的荒淫生活，及贵族统治层的权势之争，来揭示贵族社会崩溃的历史必然性。紫式部写到源氏为从须磨复出，官至太政大臣，独揽朝纲，享尽荣华时，让他痛切地感到“盛者必衰”的无常之理。她不无感叹：“这个恶浊可叹的末世……总是越来越坏，越差越远。”

两者的相似，并非偶然的巧合，而紫式部是有着明显的模仿白居易《长恨歌》的目的意识的。她在《源氏物语》开卷“桐壶”就道出了这一讽喻的主题思想：“这般专宠，真叫人吃惊！唐朝就因有这种事儿，弄得天下大乱。这消息渐渐传遍全国，民间怨声载道，认为此乃十分可忧之事，将来难免闯出杨贵妃那样的滔天大祸来呢……如今更衣已逝，（桐壶天皇）又是每日哀叹不已，不理朝政。这真是太荒唐了。”

从作品的结构来看，《长恨歌》内容分两大部分，一部分写唐明皇得杨贵妃后，贪于女色，荒废朝政，以致引起安史之乱。一部分则写唐明皇与杨贵妃的爱情，唐明皇对死去的杨贵妃的痛苦思念。《源氏物语》也具有类似的两部分内容，一部分描写桐壶天皇得更衣、复又失去更衣，把酷似更衣的藤壶女御迎入宫中，重新过起重色的生活，不理朝政。一部分则描写桐壶天皇的继承人源氏与众多女性的爱情生活。

白居易和紫式部所写的这两部分都是互为因果的两重结构，前者是悲剧之因，后者是悲剧之果。他们都是通过对主人公渔色生活的描述，进一步揭示各自时代宫廷生活的淫靡，来加深对讽喻主题的阐发。所不同的是：白居易是通过唐明皇贪色情节的展开，一步步着重深入揭示由此而引发的“渔阳鼙鼓动地来”，即指

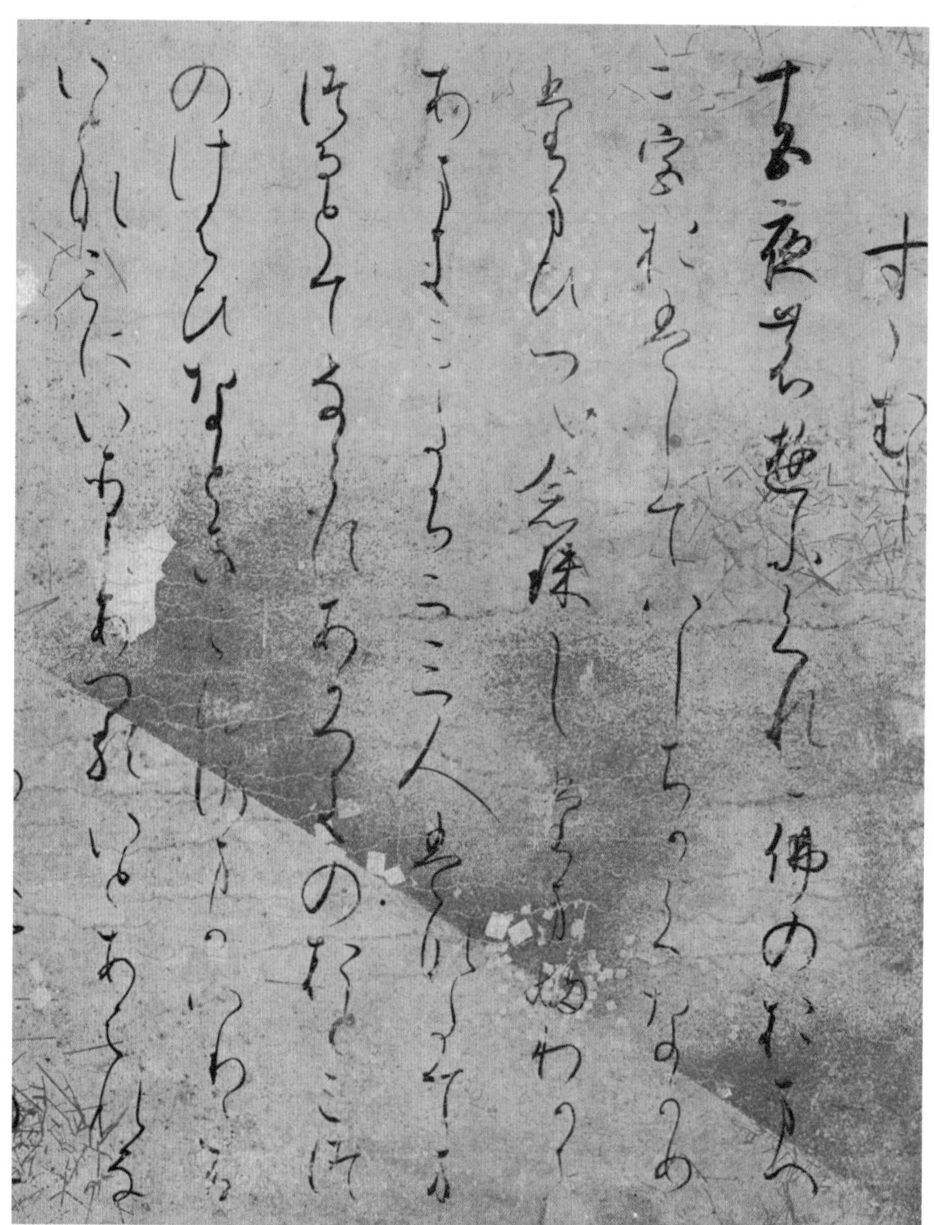

引发了安禄山渔阳起兵叛唐之事，最后导致唐朝走向衰微的结果。而紫式部则通过桐壶天皇及其继承人耽于好色生活，侧面描写了他们对弘徽殿女御及其父右大臣为代表的外戚一派软弱无力，最后源氏被迫流放须磨，引起宫廷内部更大的矛盾和争斗，导致平安朝开始走向衰落。从这里人们不难发现白居易笔下的唐朝后宫生活与紫式部笔下的平安朝后宫生活的相同模式，而且他们笔下主人公的爱情故事也是互为参照，更确切地说，紫式部是以白居易的《长恨歌》的唐杨的爱情故事作为参照系的。

就人物的塑造来说，《长恨歌》对唐明皇的爱情悲剧，既有讽刺，又有同情。比如白居易用同情的笔触，写了唐明皇失去杨贵妃之后的哀念之情，这样主题思想就转为对唐杨坚贞爱情的歌颂。《源氏物语》描写桐壶天皇、源氏爱情的时候，也反映出紫式部既哀叹贵族的没落，又流露出哀挽的心情；既深切同情妇女的命运，又把源氏写成是个有始有终的庇护者，在一定程度上对源氏表示了同情和肯定。也就是说，白居易和紫式部都深爱其主人公的“风雅”甚或“风流”，其感伤的成分是浓重的。比如，在《源氏物语》中无论写到桐壶天皇丧失更衣，还是源氏丧失最宠爱的紫姬，他们感伤得不堪孤眠的痛苦时，紫式部都直接将《长恨歌》描写唐明皇丧失杨贵妃时的感伤情感，移入自己塑造的人物的心灵世界。

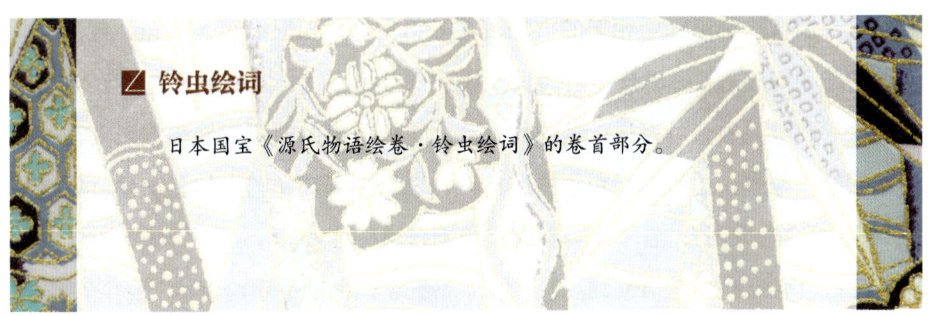

铃虫绘词

日本国宝《源氏物语绘卷·铃虫绘词》的卷首部分。

最明显的一例是，《长恨歌》中用“夕殿萤飞思悄然，孤灯挑尽未成眠。迟迟钟鼓初长夜，耿耿星河欲曙天”这样一句，来形容唐明皇失去杨贵妃，他从黄昏到黎明，残灯空殿，忧思无诉，挑灯听鼓，倍感夜长，实难成眠。紫式部在这短短的一句，便将主人公内心深处荡漾的感伤情调，细致入微地写了出来。她在写到源氏哀伤紫姬之死时，作了这样的描写：“（天气很热的时候，源氏在凉爽之处设一座位，独坐凝思）看见无数流萤到处乱飞，便想起古诗中‘夕殿萤飞思悄然’之句，低声吟诵。此时他所吟的，无非是悼亡之诗。”等等，以渲染主人公的感伤情调，同时表达了她对主人公的深切同情。

《源氏物语》在行文中借用、引述了很多白居易的诗。最典型的是第一回《桐壶》，开卷就描写桐壶天皇晨夕披览《〈长恨歌〉物语绘卷》，品评画册时，女官将太君赐物赠呈于他，他念及逝去的更衣，空想这若是亡人居处带回来的证物“钿合金钗”就好了。这里就是借《长恨歌》中的“唯将旧物表深情，钿合金钗寄将去”，以表达对更衣怀念之深情。他觉得画中的杨贵妃缺乏生趣，就想起《长恨歌》中所说的杨贵妃的面庞和眉毛是“太液芙蓉未央柳”句，这诗是“归来池苑皆依旧，太液芙蓉未央柳。芙蓉如面柳如眉，对此如何不垂泪。”桐壶天皇垂泪之余，又联想到曾与更衣朝夕相处，惯吟《长恨歌》的“在天愿作比翼鸟，在地愿为连理枝”句，以共交盟誓。这一夜，桐壶天皇难以入寐，又回想起《伊势集 · 诵亭子院〈长恨歌〉屏风》中相关的“珠帘锦帐不觉晓，长恨绵绵谁梦知”句。仅此一段约千字的描写，就出现活用《长恨歌》三首和与《长恨歌》有关的事物——物语绘卷和屏风歌。可以说，紫式部在几个重要故事的曲折发展和重点人物的感情起伏的流程中，适时地活用了白居易诗，以增加其在文艺上的感动性，原诗与本文是化合在一起的，看不出一丝嫁接的不自然的痕迹。

《源氏物语绘卷》是根据《源氏物语》一书五十四回的故事绘制的。绘卷全十卷，

近百幅，现仅存绘画十九幅；即蓬生、关屋、赛画、柏木（三幅）、横笛、铃虫、夕雾、法事、竹河（二幅）、桥姬、早蕨、寄生（三幅）、东亭（二幅），这些绘卷，创造了日本美的特质，成为日本的国宝。还有紫姬一幅是断简，于室町时代经后人之手修补。还留存有二十幅的词书，提示章回的重要内容，使图文共冶于一炉。

根据源师时的日记《长秋记》中元永二年（1119 年）十一月条记录“《源氏绘》开始制作”的文字，说明《源氏物语》的绘画化，是原作诞生约一个多世纪之后，即于十二世纪前半叶、平安时代后期（1088—1192 年）问世的。在日本美术史上明显地形成了“物语绘卷”的传统。此后于十三世纪中叶的镰仓时代，又有以文为主、插画五十四回的《源氏物语》绘画作品，以及十四世纪中期后半叶镰仓时代后期的彩绘“源氏物语绘”。其后，从十四世纪后半叶的室町时代开始，又重新燃起对古典的热情和对《源氏物语》的憧憬，绘制出多种“源氏物语绘”，其中有屏风画、扇面画、白描画、色纸画等，绘画形式走向多样化。而且《源氏物语》中的许多和歌也书写在词书上，留下了称作《源氏物语绘词》的书。十六世纪后半叶开始桃山时的隔扇画、屏风画，也多以《源氏物语》为题材，进行大画面的创作，分白描和浓彩两种。这些“源氏绘”有的是模仿平安时代的《源氏物语绘卷》的。

《源氏物语绘卷》规模宏大，它不仅将各回的故事、主人公的微妙心理和人物相互间的纠葛，还有人物与自然的心灵交流，惟妙惟肖地表现在画面上，而且将《源氏物语》的“因果报应”思想和“物哀”精神融入绘画之中，将《源氏物语》的神髓出色地表现出来，颇具艺术的魅力。

在构图上，一是采用鸟瞰式的屋内构图，省去屋顶，由联结柱上端的线象征天井，称作“吹拔屋台”法，即“无顶房屋”的鸟瞰式表现技法。然后将人物置于室内、庭园、廊等无顶空间来描写，使具象与抽象结合在一起，构成物语的中心画面，画面与画面相呼应，可以从平视、仰视、俯视的不同视角，透过一个个转换的场面，窥视平安王朝宫廷贵族生活的全貌；二是以简洁的直线和三十度角的斜线交错法，立体式地组合建筑物的空间，给画面一种安定感；或者以纵轴与横轴相对而形成建筑物的斜面，造成一种不稳定的构图，以象征画中人物的心理纠葛，以及反映物语中对贵族社会不安所表现的“哀”感；三是人物形象的描绘与屋外自然景物的描绘的结合，并且通过各场面不同色调的微妙变化，来表现季节时令的推移，以及衬托人物的心境。

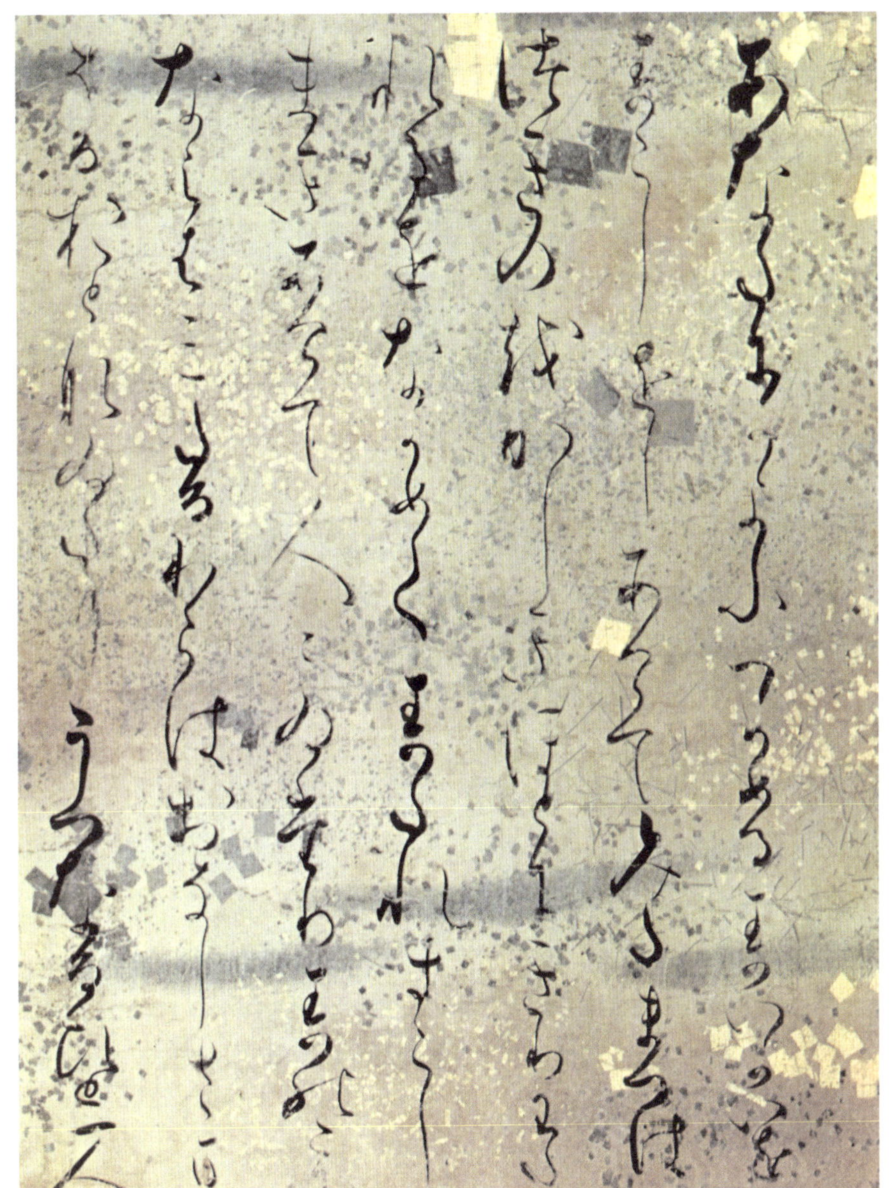

在技法上，一是采取细密的彩色法，特别质朴、纯净和清雅。这种色彩感觉是由日本的风土和民族审美的土壤中润育出来的，具有独到而丰富的色彩抒情性。可以说，在“绘卷”中，色彩的运用，就成了感情抒发的一种方式；根据各卷不同的主题，以一种特定的群青、绿青、朱丹等高纯度的原色乃至中间色为主色；二是人物容貌表现，采取“引目勾鼻”法，即将眼睛画成一细线（引目），鼻子画成“く”字形（勾鼻），嘴唇以红点来象征，人物面部则限于从前角度、后角度看的侧面和背影三种形式，近于类型化，以此激发观赏者的想象力。但是，在人物的姿态上，显示其高贵、典雅和凝重，还是可以具现人物的感情世界，透露出贵族男子和古典美人的神韵。尤其是描绘女性的面容丰满、一副多福相，是中国唐代杨贵妃式的理想美人形象。

“绘卷”配上与绘画相关联的词书，词书是用金银箔装饰，摘要抄录原作的美文，各词书的文字，长短不一，有的词书还抄录了和歌，在古典的诗情中，以增强抒情性格。词书的内容与绘画的内容互相呼应，古典优雅，色调华丽，再创造了王朝文化的古雅情趣，仿佛是一曲古典情调、传统彩色的交响。

“源氏物语绘卷”，可视为“绘卷”中的瑰宝。在观赏者面前，它展现出一幅接连一幅的美的世界、贵族感情的世界、王朝历史画卷的世界。

编者注：

本书图片选自《源氏物语绘卷》，注明“国宝”者，为绘于12世纪前半叶平安时代后期；未注明者则为其后各时代所绘制。绘图原题，取自原书章题，现题名为选者取其内容或歌句所加。

桐　壶

某皇朝宫中有众多女御和更衣［后妃嫔地位最高是女御，次之是更衣，她们都是为天皇侍寝］，有一位更衣出身虽不高贵，却蒙天皇格外宠爱。这位更衣生下了一个举世无双的、纯洁似玉的小皇子。自从这位小皇子诞生之后，皇上完全改变了往常的章法，从而让大皇子的生母弘徽殿女御心生疑念："说不定这小皇子将来会被立为皇太子？"更衣蒙皇上的恩宠，诚惶诚恐地将这种宠爱当作自己人生惟一的指望。可是，说她的坏话、企图挑剔她的过失者大有人在。她娘家又无实力，她愈受宠，反而愈加操心。

更衣居住的宫院，称"桐壶"。皇上驾临次数频繁，招徕妃嫔们的嫉恨，不断地出现对更衣的恶作剧，令更衣备受折磨，忧郁至极。小皇子三岁，举行了穿裙仪式［为男童初次穿裙时，举行的仪式］，场面之隆重，不亚于大皇子当年的排场，这也招徕了世人的诸多非难。是年夏天，小皇子之母桐壶更衣积郁成疾，且病情严重。皇上目睹她那副似奄奄一息的悲戚情状，茫然不知所措，便对更衣说："我你立下了海誓山盟，但愿大限期至同赴黄泉路，你不至于舍我独往吧！"更衣万分悲伤地吟道：

"大限来临将永别，
依依真情恨命短。

早知今日，何必……"她气息奄奄，皇上满怀悲情。

却说，此后桐壶更衣回到娘家不久就仙逝了！皇上闻此噩耗，顿时心如刀绞，神志茫然，只顾孤身幽居一室。时光流逝。桐壶更衣虽仙逝已久，皇上回想起与妙龄的更衣邂逅的一桩桩一件件逸事，依然历历在目。

桐壶更衣逝后，小皇子就长住在宫中，聪颖过人。皇上见他如此聪明绝伦，早有深谋远虑，决意不让他做一个没有外戚做后盾的无品亲王［四品以下地位甚低的亲王］，以免他前途多舛，而让他做个臣子，教他如何辅佐朝廷，将来会更有希望。于是，就让小皇子学习有关各路学问，赐姓源氏。

话说皇上宣诏的藤壶女御，她奇异地酷似已故桐壶更衣。不觉间，皇上对桐壶更衣的宠爱，逐渐转移倾注在藤壶女御的身上。而源氏公子听典侍说，这位藤壶女御的姿容，非常像自己的生母，他的童心很自然地涌起一股亲切之情，所以经常亲近这位继母。

在由左大臣操持的源氏公子的“加冠仪式”［男童十一岁至十六岁时，举行换装、结发、加冠仪式，以示转变为成年人］上，皇上触景生情，难以抑制昔日的哀伤。他赐酒一杯给左大臣。左大臣育有一爱女（葵姬），有意将此女许配源氏公子，并将此意启奏皇上。皇上以为：“此儿加冠后，原本就缺少外戚后盾，就让此女侍寝［皇太子或皇子加冠之夜，由公卿之女侍寝，行婚礼］吧。”当天晚上，源氏公子即前往左大臣宅邸圆房［当时习俗，除天皇、皇太子外，男子结婚一般都到女家过夜］。这位左大臣得到皇上的器重，加上夫人又是皇上的胞妹，不论从哪个角度看，其身份都是辉煌显赫

在加冠仪式上

源氏是桐壶天皇与更衣所生，源氏的继母藤壶女御酷似其母，使他的童心涌起一股亲切之情。在成年加冠仪式上，左大臣启奏皇上，欲将葵姬许配源氏。图为在加冠仪式上，源氏在皇上面前的容姿，以及左大臣接受结缘杯的情景。

的，如今又如此这般招源氏公子为婿，因此，如今作为皇太子的外祖父、将来可能独揽朝纲的右大臣，与左大臣相比，其气势就不可同日而语，于是有些气馁了。

却说，左大臣妻妾不少，子女众多。原配夫人所生的还有一位公子，现在是藏人少将［掌管宫中杂事的官职之一］，才貌出众，就是与左大臣不和的右大臣，也相中这位藏人少将，并把自己疼爱的四女儿许配给他。右大臣之爱惜藏人少将，不亚于左大臣之钟爱源氏公子，但愿这两家能保持亲家的和睦关系。

帚　木

梅雨连绵，源氏公子便长住宫中。左大臣家盼待日久，却不见源氏到来，不免有所埋怨。左大臣家诸公子经常到源氏公子的宫中住处淑景舍来陪同共事。诸公子中，左大臣的正夫人所生的那位藏人少将，现在晋升为头中将，他与源氏公子格外亲密，形影不离，昼夜如此。两人不论研习学问或抚弄管弦乐器，都是在一起的。

一天，整日阴雨，雨夜愈发寂静，殿上几乎无人侍候，淑景舍比平时更加清净。头中将从身边的书橱里取出一束用各种纸张书写的情书，正想信手翻阅，源氏公子说："此中有些是不能看的，让我挑些无碍的给你看吧。"头中将听他这么一说，满心不悦地说："我要看的是怨恨男子薄情的艳文，或者密约男子幽会的丽句等，这些才有看头呢。"源氏公子无可奈何，只好让他看了。头中将翻阅过后，发表感言，说："世间的女子，完美无缺、无懈可击的，实在难得一见啊！从表面上看似乎聪明机灵，书信文字也写得十分流畅，还善于交际应酬，这么能干的人，似乎很多，可是要从中挑选出类拔萃，符合条件者，恐怕少之又少。"源氏公子并不完全赞同他的话，但内中也有符合自己意见的地方，便带笑地说："不过，有没有完全无才无艺的人呢？"

这时，左马头和藤式部丞两人走进来，他们也来参加斋戒值宿。左马头是个好色者，见多识广，巧言善辩。头中将就拉他们入座。左马头首先高谈阔论说："家庭经济富裕，可以自由挥霍，无须节约，对女儿的打扮无微不至，更是倍加用心，力求将她打造成无懈可击的美人。这样的女子很多，她们一旦进宫，侥幸获得恩宠，则可享受无比的荣华富贵。"源氏公子笑道："按你的说法，一切都以贫富为衡量标准了。"头中将也跟着非难说："这话不像是你说的啊。"左马头接着又说：

“有的人家，老父年迈，体态不雅，过于肥胖，兄长也其貌不扬，由此揣断这户人家的闺女，必定不足挂齿，谁知深闺中竟有不俗的娇女，其举止得体，也颇有风韵。”他说着望了望藤式部丞。藤式部丞有几个妹妹，人气颇佳，他心想：“左马头莫非是在谈论我妹妹？”源氏公子暗自想道：“在气质上乘的女子中，称心如意的佳丽，也挺难得，这世事真不可解呀！”

四人继续议论天下的种种女子。左马头说：“作为普通女子看待，似乎无可非议，然而要选择自己的终身伴侣，在众多佳人里，也不易挑中一个呀。”这时候，源氏公子心中不断思念的，只有一个人。他想：“此人无懈可击，真是难能可贵。”想着，心情不由地郁闷起来。

这一夜的雨夜品评，终于没有定论。最后陷入漫无边际的杂谈，直至天明。

却说，某天傍晚时分，源氏公子来到了纪伊守邸。这里的房间的格子窗已经关上了。室内点灯，女仕们的身影，映现在纸隔扇上。源氏公子走近纸隔扇，想去窥视一下室内，但是纸隔扇无缝隙，只好侧耳倾听。他听见她们似乎都集中在这近处的里间窃窃私语。他隐约听见原来她们是在议论他自己。

不久，众人都已入眠，安静了下来。源氏公子悄悄地将纸隔扇拉开，走到纪伊守年轻的继母空蝉所在的地方，只见她独自躺着，身材娇小。源氏公子觉得有

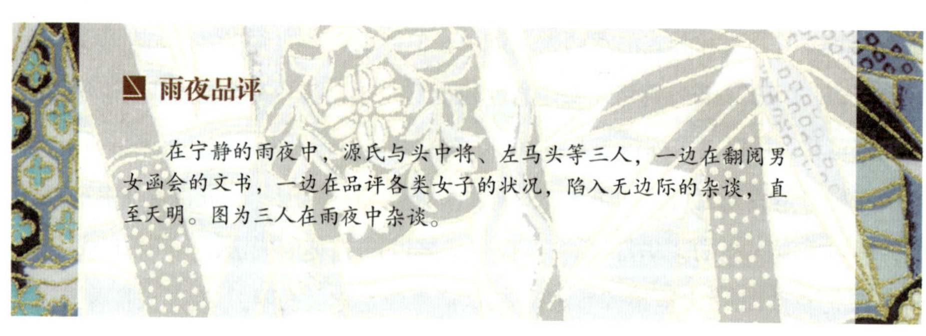

雨夜品评

在宁静的雨夜中，源氏与头中将、左马头等三人，一边在翻阅男女函会的文书，一边在品评各类女子的状况，陷入无边际的杂谈，直至天明。图为三人在雨夜中杂谈。

点不好意思，但最终还是伸手将她盖在身上的衣服掀开。空蝉以为是她刚才使唤的那个侍女中将回来了，却听见源氏公子说："刚才你叫中将，我正是近卫中将，想必你会了解我暗自爱慕你的一片心吧……"空蝉吓得不知如何是好，像遭到袭击似地，"呀"地惊叫了一声。然而，源氏公子已将自己的衣袖挡住她的脸，外面不会听见。源氏公子对她说："事情来得太唐突，你可能以为我轻浮，一时心血来潮，这也难怪。其实多年来我心中一直在爱慕你，总想和你倾吐衷肠，苦无机缘。希望将今夜幸得邂逅，视作一种非浅的缘分。"话语委婉、柔和，仪态又俊美动人，连鬼神听了恐怕也不会兴妖作怪，何况是……

眼见天色渐明，源氏公子将空蝉送到纸隔扇旁边。这时，居室内外，人声杂沓，他不得已告别了空蝉，拉上了纸隔扇，心情格外寂寞，觉得这一层纸隔扇宛如一道天河啊！

第二回

空　蝉

话说当晚源氏公子在纪伊守家里，转辗无法成眠。他心想："那天夜里我暗中抚摸到空蝉的娇小身躯，十分可爱。我对她无理强求，确实太过分了。"天未亮，他就匆匆离去。

空蝉执拗不过源氏公子的强求，事后非常内疚。从此之后，源氏公子就毫无音信。她想："他如若就此不当回事，全然把我忘却的话，实在令人伤心。"而源氏公子觉得她近乎冷酷，心中闷闷不乐，却又不能从此断绝思念。于是，他让空蝉之弟小君设法找个机会，让他和空蝉再相聚一次。赶巧纪伊守到地方赴任去了，家中只留下女眷。小君驱车来请源氏公子上车前往。小君从一扇人少的门进去，并请源氏公子下车，让源氏公子站在东面的便门等候，自己敲开南面角落的一个房间的格子门，扬声走了进去。侍女们说："这样，外面就看见了。"小君说："大热天，为何要把格子门关上？"侍女回答称："中午，西厢的那位轩端荻小姐就来了，正在下棋呢。"源氏公子心想："我倒想看她们面对面对弈呢。"他悄悄地从便门进来，走到挂帘子的地方。小君进入的格子门还没有关上，可以从缝隙里窥探，朝西看可望见室内的最深处，摆设在格子门旁的屏风一端，正好折叠着，由于天热，遮阳的布帘都撩了起来，源氏公子能将室内的情形看得一清二楚。

室内座位的近旁，点着灯火。源氏公子在揣摩："靠着正屋的中柱，朝西而坐的人，就是我所思慕的伊人了。"他细心窥视，只见她身穿一件深紫色的绫子单层袍，看不清披在上面的是什么衣服。她的发型秀丽，身材娇小，姿影并不花哨。她仿佛特意躲闪，将容颜遮掩起来，甚至连对弈的对方也不让看清似的。她的手势相当轻快，似乎想尽量深藏在衣袖里。另一人即轩端荻，她朝东而坐，面向这边，因此可以一览无遗。她只穿着一身白色的单层绫罗袍，外面随便地披着

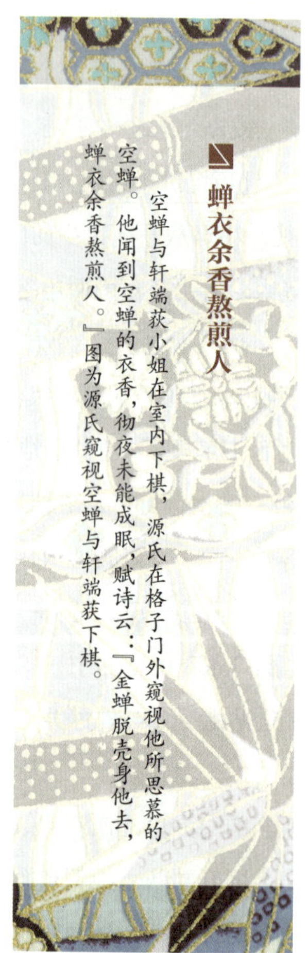

蝉衣余香熬煎人

空蝉与轩端荻小姐在室内下棋，源氏在格子门外窥视他所思慕的空蝉。他闻到空蝉的衣香，彻夜未能成眠，赋诗云：『金蝉脱壳身他去，蝉衣余香熬煎人。』图为源氏窥视空蝉与轩端荻下棋。

一件像是紫红色的上衣，腰间系着一条红色和服裙的腰带，裙带以上的胸脯完全露出，扮装显得邋邋遢遢。但是，她肌肤白皙，十分标致，体态肥胖，个子很高，发型、额头的模样都很漂亮，眼梢、嘴角露出一种媚态，容颜异常艳丽。她的头发虽不很长，却长得浓密，垂肩的秀发润泽可爱，看上去似乎无懈可击，是招人喜欢的美人儿。

大概是下完了棋，室内传出衣服的声，看样子是散场了。源氏公子走进室内，看见只有一个人在睡着就放心了。他将盖在此人身上的衣服掀开，挨近身去，这时候他才发现自己认错人了。

轩端荻好不容易醒了过来，她万没有想到会发生这种事，非常惊慌，由于毫无思想准备，自然也不知柔情以对。源氏公子虽然觉得这女子并不可憎，但她毕竟吸引不了自己的心，自己还是爱慕那个冷酷无情的空蝉。

源氏公子回到了二条院，他将携带回家来的空蝉的上衣，压在自己的衣服底下，然后就寝。他躺下良久，仍未能成眠，便又坐起身来，叫小君将笔砚拿来，在一张怀纸上，像练字似地书写起来，文笔不像是特意赠人的。

金蝉脱壳身他去，
蝉衣余香熬煎人。

写毕，塞入小君怀里，叫他明日送去给伊人。那件薄薄的外衣仍留有伊人亲切的余香，他始终藏在身边，不时地拿出来观赏。

第三回

夕 颜

源氏公子经常悄悄地造访六条御息所［六条妃子住处］。一回，在前往六条御息所途中，源氏公子想起住在五条的大乳母曾因患了一场大病，她为了祈求康复，削发为尼，便前去探望她。他坐在车子里，蓦地望见乳母家邻居的一户人家，新设置的用丝柏薄板编成的篱笆，篱笆上方约七八米高处，有一扇采光用的吊窗，窗内挂着洁白的帘子，使人有一种凉爽的感觉。隔着窗帘的亮处，看见许多美丽女子的影子，她们正在向这边窥视。这户住家简陋，室内见深并不很深。青青的蔓草悠然地爬在沿墙根边上，点缀着朵朵的白花，孤芳自赏似地展露着笑容。源氏公子自言自语地说："形似告知远方客，绽放白花为何花。"随从禀告说："那绽放的白花，名叫夕颜［即葫芦花］，这花名似人名，这种花都是在这种奇异的墙根边上开放的。"的确，这种花就在这一带破旧房屋的近旁绽开。源氏公子目睹此种情景，说："这是可怜的薄命花啊！给我摘一朵来。"随从就从敞开着的门走了进去，正在摘花之时，只见一个身穿单层的黄色薄纱和服长裙的可爱女童，从一扇雅致的拉门里走了出来，并向随从招手。她手里拿着一把薰香扑鼻的白扇子，说道："请将花放在扇子上呈献吧。因为这是连花枝也没有情趣的花。"说着，将

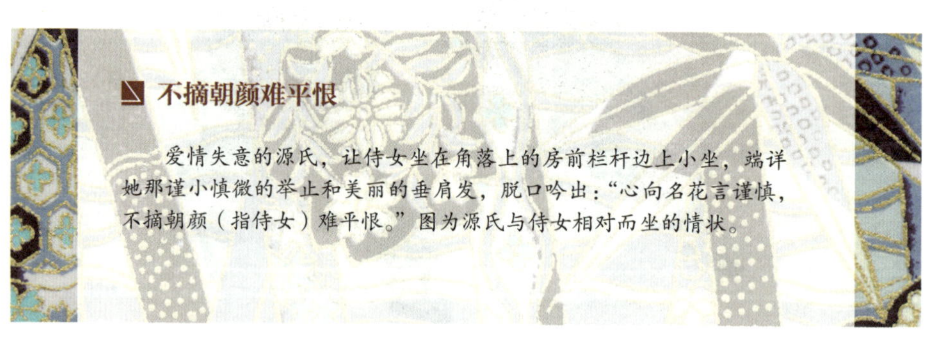

不摘朝颜难平恨

爱情失意的源氏，让侍女坐在角落上的房前栏杆边上小坐，端详她那谨小慎微的举止和美丽的垂肩发，脱口吟出："心向名花言谨慎，不摘朝颜（指侍女）难平恨。"图为源氏与侍女相对而坐的情状。

扇子递给了他。恰巧这时，惟光正在打开大门，随从就把盛着花的扇子交给惟光，由他献给了源氏公子。源氏公子心想："这户夕颜花之家，大概就是那天雨夜品评中属于下等之下等，是左马头认为的微不足道的人家。不过，其中说不定会出乎意外地遇见可取的女子呢。"他总是想着世间稀奇的事。

且说，空蝉对源氏公子的态度过于冷淡，令他感到她不像是这人世间的人，每念及此，心中就想："如果那夜她的态度温顺些，那么我所犯的痛苦过失，也许会从此断绝。然而，她的态度那么强硬，叫我就此退却罢休，我真是很不甘心。"因此，他始终没有忘却她。

秋季来临。源氏公子焦躁不安，心绪紊乱。由于他很少前往左大臣宅邸，葵姬难免满怀怨恨。六条妃子方面最初拒绝公子的求爱，好不容易接受了他的爱之后，岂知公子的态度忽然一变，竟疏远了她。六条妃子好伤心啊！她想："在未曾发生关系之前，他的那份热诚、那份情深，都到哪儿去了？"

一天清晨，朝雾弥漫，众侍女催促源氏公子起床，他睡眼惺忪，一边唉声叹气一边步出六条宅邸。一个名叫中将的侍女，打开一扇格子窗，又将帷屏撩起，以便女主人目送。六条妃子抬头朝外，只看见源氏公子正在观赏栽种在庭院里的争妍斗丽的奇花异草，流连忘返。他那姿态之美，着实无与伦比。他在侍女中将的陪同下向廊道那边走去。侍女身穿一件合乎季节的紫菀色衣服，外罩罗质地的裙子，腰身纤细，体态婀娜。源氏公子回眸，让她在角落上的房前栏杆边上小坐，端详着她那谨小慎微的举止和美丽的垂肩发，觉得她长得真漂亮，随即脱口而出：

"心向名花言谨慎，
不摘朝颜难平恨。[“名花”指六条妃子，“朝颜”即牵牛花，指侍女中将]。

怎么办呢？”说着，他握住侍女中将的手。中将本是擅长作歌的人，旋即答道：

朝雾迷茫紧出发，
君心不向汝名花。

侍女中将特意将源氏公子的诗情，引向女主人身上。

小　紫

源氏公子患疟疾，到北山某寺向神通的高僧求医。在一个彩霞漫天飞舞的春日里，傍晚时分，源氏信步走到北山某寺内的一道细荆条篱笆旁，向屋内探视，窥见尼姑身边有一个约莫十岁的女孩子，她那宛如舒展扇形的披肩长发，随着跑动而轻轻地飘散着。源氏察觉到自己原来是因为这女孩子的长相、神态都酷似自己倾心思慕的伊人［指藤壶女御］，就情不自禁，热泪盈眶。心想："我若能把那样的小姑娘安置在身边，来代替伊人，朝夕相见，也可以得到一点慰藉……"多愁善感的源氏，这一夜难以成眠。他悄悄地来到这房门前，轻轻推开围在室外两扇屏风拼接处的小缝儿，向老尼直言道："听说贵处有位可爱的小姑娘，能否允许我代替她亡故的生母来呵护她呢？"

源氏公子回京后，心中还想着：我真想将那女孩安置在自己身边，呵护她长大成人，朝夕相处，以抚慰自己的心。于是，他给老尼写了一封信委婉地谈及此事，并赋歌曰：

无限情怀倾于伊

在一个彩霞飞舞的春日傍晚时分，一位肩披宛如舒展成扇形长发的少女小紫，与两侍女，在某山寺高僧家里的外廊上，凝望着麻雀飞走的方向。源氏目睹小紫，吟歌"无限情怀倾于伊"。图为在高僧家里的小紫与两侍女。

山樱无人梦魂倚，

无限情怀倾于伊。

他还不时惦挂着夜间的山风会否惊扰伊。

且说，藤壶女御因患病而回三条娘家静养。一天傍晚，源氏趁此机会，终于与她幽会，两人都深感痛苦，总也不敢相信这是现实。藤壶女御一回想起那桩亏心事，就觉得自己埋下了终生愧疚的种子，早已下决心再不重犯。可是，如今又出现这般情景，脸上挂着一副无法排解的忧愁神色，但又觉得他很温存可爱。源氏公子则寻思："她为什么竟如此碧玉无瑕，完美无缺？"心中反而泛起了怜惜的情怀。

源氏公子回到二条院私邸，终日卧床，哭泣不已。藤壶女御则暗自揣摩：此次病状与往日不同，莫非是身怀六甲？转眼春去夏来，藤壶女御已怀孕三个月，凭体形已可明显地看出来。源氏听说藤壶女御有了身孕，又央求王命妇设法安排与藤壶女御见面。然而，王命妇一想到这是自己牵线所造的孽，便觉毛骨悚然。再说，情况愈益错综复杂，她着实无计可施。七月间，藤壶女御一行浩浩荡荡启

不让乌鸦看见才好

源氏在高僧家的细荆条篱笆旁，向屋内探视正在望着飞雀的披肩长发的少女。身边侍女说："麻雀不知飞到哪儿去，不让乌鸦看见才好呢！"图为三女观雀时，源氏在细荆条篱笆旁探视她们的样子。（贝绘）

程回宫。源氏的澎湃心潮难以平服。藤壶女御明白他心中的苦闷，自己的思绪也纷乱如麻。

却说，源氏从高僧的来函中知悉老尼作古，思忖着：不知那个小紫怎么样了？一天，陪小紫游戏的女孩子说："有个穿着贵族便服的人来了。"小紫隔帘听得出来人就是上次来过的那位源氏公子，就靠到乳母身边。乳母将小紫推到源氏公子的身旁。小紫天真地跪坐下来，源氏公子把手伸进幔帐［古时用以间隔居室的帷屏］摸索，他触摸到小紫那光滑浓密的、披在肩上的柔软长发，于是摩挲着发端，感到格外的美，心中多少有些异样的感觉。他对乳母说："看到这位令人怜爱的小姑娘，我想让她迁到我的二条院来。从感情来说，我的真心实意，也许会胜过她的父亲。"说罢，轻轻地摩挲摩挲小紫的秀发就告辞了。

源氏公子回到二条院后，躺在卧铺上回想着那可爱姑娘的倩影，就悄悄暗恋起来了。他从家臣惟光嘴里闻知小紫将迁居到她父亲兵部卿家的消息之后，茫然若失，来到了六条院，将她抱回二条院的西寝殿。此后的两三天，源氏公子没有进宫，专陪小紫聊天，尽心训导她。源氏公子不在家时，小紫就觉得寂寞，现在整天地缠着他，投在他的怀抱里，毫不腼腆，表现可爱至极。源氏公子有时在想：如果她到了懂得嫉妒的年龄，一旦两人之间发生一些不愉快的事，自己作为男方，心情会不会起变化呢？

第五回

末摘花

源氏无论如何也无法抹去对夕颜的怀念。夕颜命短，似朝露般转瞬即逝。当时源氏的悲痛心情，虽历经岁月，也难以忘怀。别的女子，像葵姬或六条妃子，都很骄矜自恃，她们未能留在源氏的心中。

常陆亲王晚年生下一个女儿，他辞世后，这女儿惟有七弦琴才是她最知己的朋友。源氏来到了常陆亲王宅邸，只见这里的格子窗还开着，小姐正在庭院里的月下，欣赏吐香的梅花。他想接近小姐倾吐衷肠，又觉未免太唐突，不好意思，逡巡不前。

到了秋天，源氏想起常陆亲王家的那位小姐，常常给她写信表露心扉，可是对方依旧毫无反应，显得不知情趣，这就越发激起源氏那种“越到不了手就越想得到”的决不服输的情绪。他以遗憾的口吻埋怨大辅命妇，说：“这到底是怎么回事？”大辅命妇多少有些顾虑，这位小姐的长相并不特别标致，与源氏公子不太般配，硬把这两人凑合在一起，万一发生不幸之事，就对不住她了。

八月二十日过后，夜色深沉，总也不见月亮出来，只有星星在苍穹闪烁。随风传来阵阵松涛声，令人感到好不寂寞。常陆亲王家的末摘花小姐谈起父亲在世时的情景，不由伤心落泪。大辅命妇觉得这是个好机会。可能这是她给源氏传递的信息吧，源氏照例悄悄地前来。月亮终于出来了，它照亮了这家荒芜的篱笆。小姐望着庭院令人生厌的景色。大辅命妇劝她弹琴，隐约听来，琴声虽不乏佳趣。但轻浮的命妇还嫌不足，心想：“若能弹得时尚些，情趣些多好啊。”

源氏知道这里没有被人发现，就放心地走了进去。大辅命妇佯装刚知道源氏已来而惊讶的样子，对小姐说：“怎么办呢，那位源氏公子来了。”小姐极其困窘。

源氏很了解这位小姐的身份，觉得“她远比那些赶时尚，爱装腔的人来，其品格要高雅得多”。这时，末摘花小姐在众侍女怂恿下，好不容易地膝行过来。源氏公子隔着纸隔扇，隐约闻到一股衣衫的薰香儿，觉得她稳重、高雅，很有气派，不由地生起一股亲切之情。他想：“果然如我所料。”于是委婉周到地倾诉他多年来对她的恋慕之情。只是小姐本人不知不觉地露出羞怯的腼腆神色。源氏十分失望，在深夜起身离去了。

源氏虽忘不了常陆亲王家的小姐那副令人可怜的样子，但总是懒得去造访。这也是无可厚非的事。小姐一向腼腆，总是闪烁躲藏，不愿让人看到自己的面貌。一天晚上，众人都轻松愉快地休息之时，源氏悄悄地走进屋里，透过格子门的缝隙窥视，但看不见小姐本人的身影。帷屏等都相当陈旧，几近破烂，不过看得出它们多年来还是按照老样子整齐地陈设着，因此无法看清楚小姐的面影。

终于天亮了。源氏起床，亲自打开格子门，欣赏庭前雪景中的草木。小姐膝行出来，源氏佯装没有看见，依旧向外眺望，实际上用眼梢瞥了一下，看得一清二楚了。他心头一惊，想道：果不出我所料，最难看的就是那个鼻子，活像普贤菩萨骑的白象鼻子，又高又长，鼻尖略微下垂，稍带红色，格外令人扫兴。她的脸色比雪还白，白里透青，额头宽得可怕，再加上是个长脸，面孔长得特别出奇，

何必栽培末摘花

痛失爱妾夕颜的源氏，到了已故常陆亲王家里，晚上隔着纸隔扇闻到亲王的女儿末摘花的衣香，觉得亲切。可是，次日天亮，他一眼望清了末摘花的丑鼻，就情趣索然，写下“何必栽培末摘花”句。图为源氏与随从正要离开常陆亲王家的情景。

身体瘦骨嶙峋，尤其是肩头骨骼明显突出，形体可哀，真令人觉得可怜。

源氏情趣索然，写下了“何必栽培末摘花”的歌句。

第六回

贺红叶

桐壶天皇举办五十寿辰，临幸朱雀院的日期订在十月初十之后。此次临幸仪式格外盛大隆重，比往常更加有趣。然而，舞乐等都在外间表演，妃嫔们无法观赏，乃实是一大憾事。天皇宠爱的藤壶妃子也未能欣赏到，他深感美中不足，遂命舞乐等庆贺节目在宫中清凉殿上，先举行一次彩排。

源氏表演的舞蹈，是双人舞《青海波》。他的搭档是左大臣家的公子头中将。这位头中将才貌双全，非同凡响，然而与源氏并肩，那他就宛如一株绽放在美丽鲜花树旁的山树，黯然失色了。

日暮时分，夕照艳丽，乐声沸腾，舞兴正浓。虽然两人同样都在舞蹈，但是源氏的舞步沉稳，表情优美，举世无双。他吟颂和歌，简直就像佛界的仙鸟鸣啭，优美动人。皇上观看了，感动得流下泪来。皇太子的母亲弘徽殿女御观看了，心中好不妒忌，说："准是鬼神相中他了，真叫人毛骨悚然！"藤壶妃子看了，心中想道："他若无那份非礼之心，一定会显得更美。"她沉思往事，恍如进入梦境。

当天晚上，藤壶妃子在宫中侍寝。皇上对她说："看了今天彩排的《青海波》，真是冠压群芳，你觉得如何？"藤壶妃子顿时难以直率回答，只说了一句："格外精彩。"翌日早晨，源氏给藤壶妃子写信说："昨日承蒙观赏，不知感觉如何？我是带着无法言喻的缭乱心绪起舞的。

心绪缭乱不应舞，
拂袖传情可清楚。

谨上。"可能是源氏中将那仪表光彩照人，终于使藤壶妃子无法沉默吧，她回信说：

“唐人拂袖远难见，
飘逸舞姿实可怜。

我只以平常心来观赏。”

源氏收到此信，感到无限珍贵。他想：“她知道《青海波》乃唐人之舞乐，连异国朝廷的情况都明了，不愧是具备皇后教养者所吟出的歌句。”源氏不禁欣喜，面带微笑，像手持经文不离身似地郑重将信展开来阅读。

元旦早晨，源氏公子进宫朝拜贺年。虽说是贺年，但所去的地方不多，除了清凉殿（父皇）、东宫御所（皇兄）、一院（皇祖父）之外，只到三条院拜贺藤壶妃子。藤壶妃子分娩的日期，算来是去年十二月中旬，但到了新年，依然毫无动静，十分担忧，生怕因此泄露隐私，导致身败名裂。源氏掐指计算月份，料定此胎与己有关，于是不露声色地在各寺院举行法事，为她祈祷安产。幸亏过了二月十日，藤壶妃子平安地生下一男婴，于是忧虑全消，宫中和三条院众人皆大欢喜。皇上盼藤壶妃子长命富贵，可她想起那件隐私之事，不胜内疚。

拂袖传情可清楚

在桐壶天皇的五十岁贺寿仪式上，源氏与头中将在红叶纷飞之下，表演双人舞《青海波》，舞姿力压群芳。翌日，源氏给藤壶妃的信附歌曰：“拂袖传情可清楚。”从此两人有不可告人的隐秘。不久，藤壶妃被册立为皇后，生产了皇子，相貌酷似源氏。图源氏与头中将表演的舞姿。

皇上焦急地想看看新生的小皇子，源氏公子也心怀隐私，渴望见到自己的这个私生儿，于是他找个无人注意的机会，前往三条院探望。一眼就可以看出，小皇子的长相，酷似源氏。但是，天皇对此毫不介意，他认为同样都是无上高贵的血统，相貌相似是自然的。皇上极其宠爱小皇子，藤壶妃子看到这一切，却越发内疚，更加于心不安了。

却说，藤壶妃子即将被册立为皇后，源氏公子已由中将晋升为宰相。天皇准备在近年内让位给弘徽殿女御所生的太子，同时立藤壶妃子所生之子为太子。但是这新太子没有后援人，他外家诸舅父都是皇子，但已降为臣下。当时是藤原氏之天下，天皇不便令源氏的人摄政，因此不得不将新太子的母亲册立为皇后，以便加强新太子的势力。弘徽殿女御得知此事，大为不满，这是自然的了。皇上对她说道："你的儿子不久将即位了，届时你就稳居皇太后的尊位，放心吧。"的确，世人难免纷纷议论说："这女御是太子的母亲，进宫已有二十余年。当今的皇上要将藤壶妃子册立为皇后来压倒她，恐怕困难吧。"

册立藤壶妃子为皇后的仪式举行完毕的当天晚上，源氏进宫奉陪。藤壶妃子是先皇的皇后所生，在后妃中出身同样是特别高贵的，再加上又生了一位掌上明珠般的小皇子。缘此，天皇对她备加宠爱，别人对她更格外崇敬。何况郁郁寡欢的源氏，想象着辇车中妃子的姿容，不胜思慕。他又想到今后与藤壶妃子相隔愈加遥远，更难相见，不由得苦恼万状。

第七回

花 宴

天皇在南殿举办樱花宴。诸亲王、公卿擅长歌道者，都应邀赴宴，吟歌赋诗。源氏所作的和歌，异常精湛。宣读师每诵一句，赞叹声不绝于耳。藤壶皇后看见源氏公子如此才华出众，暗自想道："太子的母亲弘徽殿女御如此嫉恨源氏公子，真不可思议。"

深夜散宴，源氏公子已有几分醉意，觉得如此美好的夜晚，怎能让它徒然度过。于是，他向弘徽殿廊道那边走去，只见第三道门还没有关上。忽然望见有一女子。一边吟唱一边走了过来。源氏心中暗喜，待她走近时，蓦地拽住了她的衣袖。那女子乱了方寸，显得甚是苦恼。两人在交谈中，不觉已天明。源氏只好与那女子交换了一把扇子，作为日后的凭证，就离去了。

次日，又举办小宴。宴后，源氏焦急地想道："昨日朦胧残月中邂逅的那女子，是否已经出来了呢？"他拿出那把作为凭证的扇子来，展开一看，原来是一把绘有樱花图案的丝柏骨扇子，浓色的一面，画了朦胧的月儿，月影倒映水中，其意趣平平，然而它是丽人常用的物品，那就另有一番亲切之情渗透其中。于是，他在扇面上写道：

> 黎明残月何处觅，
> 无限惆怅心孤寂。

写毕，将扇子收好。

源氏觉得久疏造访左大臣邸，但又可怜那年幼的紫姬，于是决定先去安慰一下她，遂赴二条院去了。每次源氏看见紫姬，都觉得她长得越发标致，越发娇媚。

于是，他将今日来到宫中的一些情况讲述给她听，又教她弹琴，陪伴她度过一天才离去。尔后源氏到了左大臣宅邸，葵姬照例未立即出来迎接。源氏寂寞无聊，信手抚筝，吟唱催马乐的《贯河》："没有一夜能在温柔中安眠……"

源氏回想起那天在朦胧残月中与那女子发生的那桩事，觉得人生宛如一场无常的梦。

第八回

无限惆怅心孤寂

深夜花宴散后，在残月朦胧中，源氏与一位小姐邂逅，交换了扇子作为信物。源氏在扇面上作歌曰："黎明残月何处觅，无限惆怅心孤寂。"小姐对在残月朦胧中发生的事，宛如一场无常的梦。图为胧月夜忍不住地答歌时的姿态。

葵姬

改朝换代后，源氏也许是晋升了大将官位之故，对于往时那种轻率幽会和私通之举，不得不有所收敛。葵姬对源氏轻薄的行为，当然甚为不满。不过，她大概也觉得过于激烈反对，也无济于事吧，心中并不十分嫉恨。这时，她已身怀六甲，内心苦楚和害怕。源氏获知葵姬已有身孕，深感庆幸，很是怜爱她，她的双亲也都欣喜异常，但也为她担忧，于是举行种种法事，为她祈求安产。这期间，源氏自然繁忙不迭，对六条妃子等情人，虽不曾忘怀，但造访的次数已减少了。

一日，葵姬一行的几辆车子和侍从来到了一条院。无数的车子已排列得水泄不通，竟无空隙的地方驶入。于是，侍从喝令停在那里的车子都退避。其中有辆牛车车旁的侍从，看见别人要他们退避，就走了过来，强硬地说："这两辆车子非同寻常，不能退避！"原来这两辆车子是伊势斋宫的母亲六条妃子的。她微服出行，本想散散心，不想竟挨人辱骂和喝令赶走，实在痛心至极。六条妃子那车子的架辕台，已经全部被拆毁，只好将车辕插在别人家的破车车毂里，才能立稳，实在太不体面。她内心颇为后悔："何苦到这种地方来呢。"而葵姬的车子，格外醒目。源氏经过时，仪态端庄，他的侍从们也都必恭必敬。相形之下，六条妃子

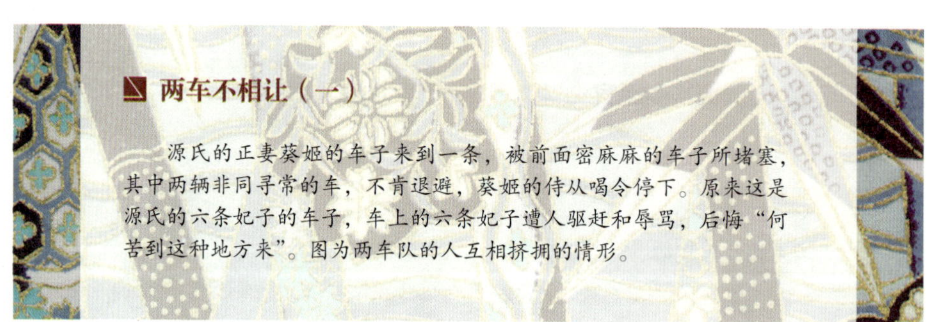

两车不相让（一）

源氏的正妻葵姬的车子来到一条，被前面密麻麻的车子所堵塞，其中两辆非同寻常的车，不肯退避，葵姬的侍从喝令停下。原来这是源氏的六条妃子的车子，车上的六条妃子遭人驱赶和辱骂，后悔"何苦到这种地方来"。图为两车队的人互相挤拥的情形。

完全被葵姬的气势所压倒，她伤心至极，不觉潸然泪下。

有人将袚禊之日争夺车位的事件，禀告了源氏。源氏觉得六条妃子确实受了委屈，很对不起她。他心想："葵姬为人厚道稳重，只可惜遇事考虑不周，有时不免冷酷无情，她自己并不想凌辱他人。但是，她没有考虑到两女共事一夫，应该互相关照和体谅。"六条妃子心中积郁的懊恼，近日愈发深沉。袚禊那天，她本想散散心而出游，竟遭如此无情的打击，从此她对万事都感到厌烦，终日闷闷不乐。她埋怨源氏的无情，对他已经绝望了。

一天，葵姬像是被妖怪附身，病情严重。源氏公子格外担心，请来高僧念咒，在自己室内做种种法事，还请来法力精深的修行者驱魔除妖，仍未见效。世人纷纷传说：这是六条妃子的生灵和她的已故父亲的鬼魂在作祟。六条妃子听说此种传闻，思虑万千。因为葵姬病重，源氏无暇关照他事了。

且说，附在葵姬身上的生灵渐渐离去。葵姬的母亲估摸着现今葵姬的身体会渐见好转，就送一碗汤药过来。侍女们扶着葵姬坐起来服药。转眼间，婴儿（夕雾）就诞生了。六条妃子得知葵姬安产，心中平静不下来。源氏公子看见葵姬平安分娩，心中稍得安宁。新生婴儿眉清目秀，长相酷似东宫皇太子（冷泉院）。葵姬因病后衰弱，谈话亦颇感吃力。一天，葵姬的病情忽然加重，胸闷咳嗽不止，痛苦万状。未待向宫中的源氏和左大臣禀报，她就撒手人寰。噩耗传来，左大臣和源氏等人都惊骇万分。

葵姬七七佛事完毕。源氏回到二条院，换了衣服，来到了西殿看望紫姬。在灯光下，源氏看见她的侧影和她梳的发型，心想："她竟长得和我所魂牵梦萦的那位（藤壶皇后）一模一样啊！"他感到非常欣慰。源氏公子走近紫姬，对她倾吐别离期间的思念之情。

第九回

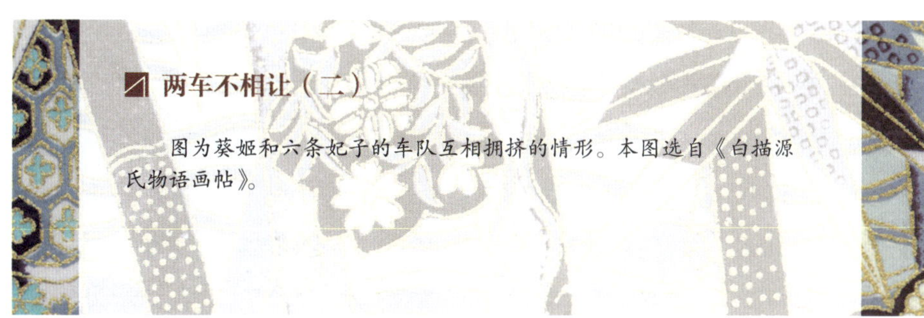

两车不相让（二）

图为葵姬和六条妃子的车队互相拥挤的情形。本图选自《白描源氏物语画帖》。

杨　桐

自从葵姬病逝后，人们盛传：这回六条妃子定会成为源氏大将的继室。谁知从那以后，源氏对她反而更加疏远，几乎断绝了往来。这是六条妃子始料未及的，她心想："可能是由于那生灵事件，以致使他彻底嫌弃我了。"她完全明白了源氏大将的心思之后，决意抛弃万般情思，一心只想到伊势去。

六条妃子行踪隐秘，到了嵯峨野宫。野宫乃斋戒之地，一般不便随意前去造访。然而，源氏依旧思念六条妃子，最后还是下决心前往野宫了。源氏来到广袤的嵯峨，踏入无边的草原，只见一派寂寥的景象：秋花凋零，原野上稀稀疏疏的枯萎茅草中的虫鸣，与凄厉的松涛声，合奏成一曲无可名状的交响乐，从远处断断续续地传来，真是无比的哀艳美。源氏藏身在北厢人影稀少的地方，提出拜访六条妃子的要求。只见几个侍女走出来接待，却不见六条妃子，源氏心中闷闷不乐。六条妃子心想："唉，怎么办呢？这里耳目众多，女儿斋宫知道了也会怪我欠思考，不成体统。此时此刻，是不能再与他相会的。"她想不再理睬他，却又觉得无情拒绝，最后还是膝行向前，那姿态无比的优美与典雅。

源氏说："这里是神圣之地，但我只在廊道上，想必无妨。"说着，他便跨上

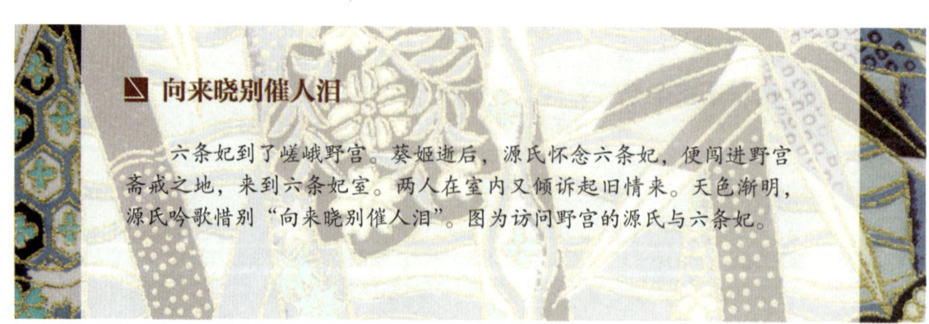

向来晓别催人泪

六条妃到了嵯峨野宫。葵姬逝后，源氏怀念六条妃，便闯进野宫斋戒之地，来到六条妃室。两人在室内又倾诉起旧情来。天色渐明，源氏吟歌惜别"向来晓别催人泪"。图为访问野宫的源氏与六条妃。

廊道，坐了下来。源氏与六条妃子久未相见，想把数月来积郁心中的情思都倾吐出来，可是一时又不知从何谈起。于是，他将手中摘来的一小枝杨桐，伸进帘内，说："我心未变，依然似杨桐叶之常青，才斗胆擅越神垣，前来造访，不想竟遭此冷遇。"六条妃子本想竭力不表露真情，但最终还是按捺不住，泛起满脸的愁容。源氏见此情形，更觉伤心，劝她勿赴伊势。此时，月亮大概已隐没，源氏一边仰望凄怆的长空，一边倾诉心中的怨恨。六条妃子听后，顿时消融了迄今对源氏的积怨，好不容易抛弃了的旧情又死灰复燃，搅得她心神激荡，思绪纷乱。

天色渐明，源氏吟道：

向来晓别催人泪，
今日悲伤犹为最。

他握住六条妃子的手，依依惜别。六条妃子勉强答道：

秋别多半亦悲伤，
铃虫声声更断肠。

源氏回首往事，后悔之事甚多，但已无可奈何。他顾忌天明后离去有所不便，只好匆匆与六条妃子告别了。

且说，进入十月，桐壶院的病情加重。桐壶院再三叮嘱朱雀天皇好生照拂皇太子，其次提到源氏大将，希望朱雀天皇遇事多与他商量。不久，桐壶院就与世长辞。七七丧期，众妃嫔在桐壶院举哀，事毕各自离去。藤壶皇后决意迁居三条的私邸，源氏特地前来相伴。藤壶皇后回到旧居的心情，却仿佛旅居他乡。源氏对世事感到厌倦，整日幽居室内。

且说，弘徽殿太后的六妹胧月夜，已入朱雀天皇的后宫，二月里晋升为尚侍。因为原先的尚侍藤壶皇后于服丧期间，为缅怀桐壶院的旧情，出家为尼，胧月夜就替补了她。胧月夜身份高贵，又长得标致，特别受到朱雀天皇的宠爱。然而，她始终忘不了当年在朦胧月色下与源氏公子的邂逅，心中不时悲叹。她大概私下依旧与源氏秘密通信吧。源氏对她的恋慕也越发深切，两人时有幽会。

却说，朱雀天皇也曾得知源氏与尚侍胧月夜的关系尚未了断的传闻，有时从胧月夜的行动中也能看出来。她最近回到了娘家右大臣的宅邸，觉得这是难得的好机会，便费尽心思，与源氏密约，求得每夜幽会。源氏向来有个怪癖：越难办到的事,就越要去做。因此,他几乎每夜都偷偷地前来秘密幽会。一天的黎明时分，骤雨滂沱，雷电轰鸣，右大臣家诸公子和弘徽殿太后的侍从等人都起来四处探视，源氏狼狈周章，却又无法溜走。天色大白之时，雷声停息，雨势渐小，尚侍胧月夜的父亲右大臣随便地走进女儿的室内来。胧月夜甚是狼狈，右大臣只见一个异常俊美的男子，穿著皱巴巴的睡衣，厚颜无耻地躺在女儿的枕边，顿时惊得发呆，万分恼火。

弘徽殿太后本来对源氏早就怀恨在心，听了父亲右大臣的这番叙述之后，更加怒不可遏。她暗自盘算：这时狠狠地惩治一下源氏大将，倒是个好机会。她似乎在绞尽脑汁策划行动的计划。

第十回

花散里

桐壶院有个妃子称丽景殿女御，自从桐壶院辞世后，全靠源氏大将照料，孤苦度日。她的三妹花散里，曾经在宫中与源氏公子有过邂逅之缘。源氏公子对女子一向多情，一度会面就难以忘怀，尽管不是特别宠爱也罢。然而，却使那女子情思难断，浮想联翩。近日来源氏公子对世间万事都觉烦恼，闷闷不乐，这时他想起了这个女子，便摁捺不住涌动的心情。五月霉雨季节，一日难得晴天，他就悄悄地前去造访花散里这个女子。

源氏公子走进他想来的宅邸内，这里正如他所想象的，人影稀少，静悄悄的，令人感到这光景怪可怜。他先去拜访丽景殿女御，和她叙旧。女御虽上年纪，但毕竟有修养，典雅可爱。她不再有当年格外注目而显赫的桐壶院的宠幸，其人还是可以推心置腹，和蔼可亲的。源氏公子回忆往事，一桩桩一件件依然历历在目，便情不自禁地潸然泪下。这时，传来杜鹃鸟的声声啼鸣。源氏心想：它是否追逐我的足迹而来的呢？这种情趣着实艳美，于是他吟道：

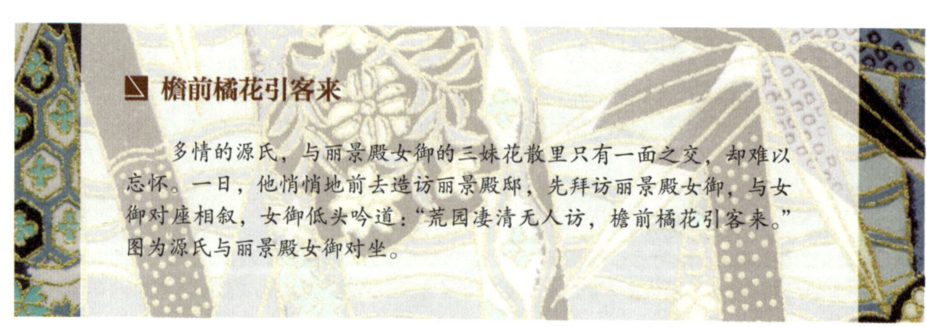

檐前橘花引客来

多情的源氏，与丽景殿女御的三妹花散里只有一面之交，却难以忘怀。一日，他悄悄地前去造访丽景殿邸，先拜访丽景殿女御，与女御对座相叙，女御低头吟道："荒园凄清无人访，檐前橘花引客来。"图为源氏与丽景殿女御对坐。

“杜鹃也慕飘香橘，
伴我来访花散里。

为了抚慰流逝的难忘岁月，早就该前来造访这里了。访晤故人，郁闷虽消，却又凭添新愁。一般说趋炎附势，是世间之常态，因此可以共话者寥寥无几。何况近来百无聊赖，难以排遣啊！”女御听了这番话，更觉世态变化无常，人生苦楚，她那陷入沉思的神色，可能是由于她品格高尚的关系，样子显得格外哀伤可怜。女御吟道：

荒园凄清无人访，
檐前橘花引客来。

尽管她回答的仅仅是这两句，但是源氏公子却将她同别的女子相比，觉得她与众迥异。

拜别女御之后，悄悄地走到花散里所居的西厅前，向室内望了望。花散里已久未见源氏公子，加上公子那举世罕见的俊美，她一见之下，迄今对他的怨恨，顿时全消了。源氏公子照例情深意切地和她娓娓叙说，未必不是由衷之言吧。

第十一回

须　磨

在弘徽殿太后的惩治下，源氏被贬谪须磨。赴须磨的前两三天，源氏趁着黑夜到了岳父左大臣家。左大臣谈到昔日桐壶院的往事，以及桐壶院对源氏公子的关怀，说着说着频频地用衣袖揩拭泪水。源氏再坚强也忍不住地落下了泪水。小公子天真烂漫地在游戏，总是缠绕在这两位亲人的身边，他们看了异常心酸。左大臣说："古人即使真犯了罪，也不至于受如此重罚。吾婿蒙受冤枉，想必还是前世注定，在外国此类冤案也很多。尽管如此，总要有什么状告，才能如此治罪，此次之事，实是令人百思不得其解。"

翌日天未亮，源氏公子就来到西寝殿，对紫姬说："在这无常的人世间，我是会被人说成是薄情，真令人伤心，遗憾啊。"紫姬只回答道："还会有比遭此厄运更令人感到遗憾的事吗？"源氏看见她那副样子，顿觉一阵锥心之痛，用道理开导她说："我离开京城，度过一段流放的岁月后，如果朝廷还不赦免，那时就算我居住岩穴，也会迎接你的。然而，现在若携你同行，势必招徕世人的指责：身为钦犯，不能见日月之光，还任性而为，罪孽更加深重呀。我虽无过失，却遭此横祸，恐是前世造孽的报应吧。再说，流放犯携带所爱的人同行，史无前例，在这疯狂般的人世间，说不定还会遭遇更大的灾难呢。"

启程那天，源氏公子与紫姬难分难舍，但又顾忌别人的耳目，天大白后遂匆匆出发了。一路上，紫姬的面影是总浮现在源氏公子的脑海里，他满怀离愁别绪上了船。翌日申时，抵达须磨湾。源氏公子眺望着浪击海滨又回潮的景象，猛然回首，只见远方群山闭锁在云雾中。此时源氏公子的心情诚如白居易所云："三千里外远行人。"［白居易《冬至宿杨梅馆》诗曰："十一月中长至夜，三千里外远行人。若为独宿杨梅馆，冷枕单床一病身。"］于是，他禁不住潸潸泪下。

抵达须磨，源氏公子怀念京城往事，眷恋者不计其数，可是特别思念的，是紫姬是否会万分焦虑，皇太子的近况又不知如何……源氏在须磨迎接了新的一年。去年种植的小樱树，枝头已经绽开了花朵。在春光明媚的日子里，源氏缅怀往昔的诸多事情，不时潸然泪下。正在百无聊赖之时，左大臣家现已升任宰相的中将前来造访。宰相独出心裁地带来京城特有的土特产，作为礼品，赠送给源氏公子。源氏也尽地主之宜，回赠了一匹黑驹，以表不胜感激之意，并说："由我这不祥之身赠物，恐不吉利啊。不过，想必会体谅这是'胡马依北风'的情分［出自《文选》古诗："行行重行行，与君生别离。相去万余里，各在天一涯。道路阻且长，会面安可知。胡马依北风，越鸟巢南枝。"意即难忘故乡］……"这的确是一匹稀世的宝马。源氏又说："请留做纪念吧。"还添赠了一支非常珍贵的笛子。他们彼此都不声张，以免惹人注目。

红日渐渐高升。宰相正急于离开之际，源氏说："虽然盼望有朝一日能平反昭雪，但是一经流放，连古之贤人亦难以返回世间，更何况我，岂敢奢望重见京城呢。"宰相作歌，曰：

苍穹孤鹤空啼鸣，
比翼齐飞恋友情。

苍穹孤鹤空悲鸣

源氏被流放到须磨后种植的小樱树，也已绽开小花。岳父左大臣一派的头中将到访，两人相叙在樱花树下。源氏表示岂敢奢望重见京城，宰相中将发出"苍穹孤鹤空悲鸣"之叹。图为以樱树为背景相对而坐的源氏与头中将。

宰相走后，源氏更加悲伤，每天过着冥思苦索的生活。海面上风平浪静，阳光灿烂，一望无际。源氏回忆过去，思索未来。

第十二回

明　石

响雷霹雳一声，正好落在与源氏公子的居室相连的廊道上，迸发出火焰，将这廊道烧毁了。屋内众人吓得魂不附体，不知所措。后来只好请源氏公子转移到像是厨房的室内。顾不得身份高低，众人共挤在一室里，有的呼号，有的哭泣，噪音大作，不亚于雷鸣。

狂风终日骚扰，源氏公子十分疲劳，不觉间已入睡了。梦中忽然看见已故的桐壶上皇站在眼前，对公子说道："你怎么住在如此不堪入目的地方？"又说："你必须按照住吉明神的指引，迅速开船，离开此处海湾。"源氏公子惊喜万分，说："自从伤心地与您诀别以后，孩儿遭受诸多苦难，此刻正想弃身投海呢。"源氏公子满怀着对父皇的眷恋之情，忘却了现世的悲哀。

却说有只小船驶近岸边，船上两三个人上岸，朝源氏公子所居的旅舍方向走过来。这是前任播磨守明石道人乘船从明石海湾到此地来相访，源氏公子觉得梦境与现实，真是不可思议。随从者劝请源氏公子说："不管怎样，请在天亮以前上船。"源氏公子按惯例只带四五名亲信乘船出发。和来时一样，骤然奇怪地刮起一阵风，行船飞也似地到达了明石海湾。明石道人在这里的领地很多，源氏公子可以在这海滨的大公馆内安心地歇息。明石道人在旭日冉冉升起的时候，隐约望见源氏公子的仪态，竟忘却了自身年迈，好像觉得自己的寿命延长了，他笑逐颜开，首先只顾合掌膜拜住吉明神。他仿佛获得日月之光的照耀，自然竭尽全力细心照料源氏公子了。

二条院的紫姬派使者来探望源氏公子，公子对紫姬那封倾吐哀怨的来函写回信，却无法一气呵成，写了数行，就撂下笔揩拭眼泪。这封信写得很凌乱，源氏公子说："我的心情感到一切都像是在做梦，这像是一场永不醒的梦。心中不知充满多少愁恨啊！”

主人明石道人勤修佛法，颇诚挚专心，只是为了这一个女儿的前程，不免烦恼，经常在人前流露自己的愁思。从源氏公子的心情来说，他想：“这位美人的名字早有所闻，此次到明石不期而遇，可能也是前世的宿缘吧，不过，自己在沦落倒运期间，除了勤修佛法之外，不应有其他邪念。再说，倘若紫姬听说自己行为不端，她肯定会埋怨，不会相信自己迄今所说的话。”

一天，在一个恬静的月夜，源氏公子随意弹奏了一曲。那山边内宅里的颇有素养的年轻侍女们都侧耳倾听，听见琴声和着松涛声悠扬地随风飘来，都为那美妙的音色所感动。这时，明石道人流露了一句：“我总想找个机会，让公子悄悄地听一听小女弹筝呢。”他边说边全身发颤，几乎留下眼泪来。源氏公子说道：“如此看来，高手听我所弹的筝，大概是‘听琴不知是琴声’吧，我不知高手在此，实在汗颜。”说着把筝推开，接着又说：“说也奇怪，筝这种乐器，自古以来就是女子弹得最好。但不知能否让我听一听令嫒的高艺？”明石道人说：“公子要听，我随时都可以叫她到尊前来弹奏。”

夜色越发深沉，明石道人与源氏公子开怀畅谈，无所不叙。明石道人最后连

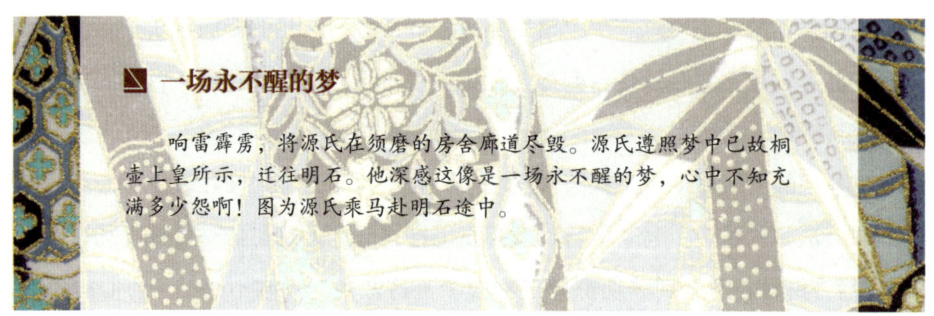

一场永不醒的梦

响雷霹雳，将源氏在须磨的房舍廊道尽毁。源氏遵照梦中已故桐壶上皇所示，迁往明石。他深感这像是一场永不醒的梦，心中不知充满多少怨啊！图为源氏乘马赴明石途中。

自家女儿的情况也不问就自述了。源氏公子觉得有点滑稽，不过话里也有深可同情的，真是可怜天下父母心。

第十三回

航　标

源氏公子恢复官职返京后翌年二月，皇太子冷泉院举行成年戴冠仪式。皇太子容貌俊美，酷似源氏。世人传颂两人物相互辉映，光彩照人。然而皇太子的母亲藤壶皇后听了心中隐痛，非常苦楚。

皇太子即位之后，源氏权大纳言晋升为内大臣。源氏内大臣本应兼任摄政，但他说："这是繁重的职务，我无法胜任。"要把摄政之职让给早已告退的葵姬的父亲左大臣，亦即他的岳父。左大臣不肯接受，但朝中百官和世间百姓都认为，即使参看外国亦有这样的例子，每当时势变迁，社会动乱之时纵令隐迹深山的人，一旦天下太平，也会不顾白发苍苍出来从政的。最后左大臣不好再坚持推辞，就当了太政大臣，又恢复了昔日的荣华富贵。

源氏内大臣只有正夫人葵姬所生的一个儿子夕雾，葵姬逝世后，她娘家今天全靠源氏内大臣的光环，在他的提携下重振家威，欣欣向荣。

源氏经常挂念的就是那位明石姬，她怀孕在身，不知近况怎样？源氏派遣使者前去探问。使者回来禀报说："她已于三月十六日分娩，生下一女婴，母女平安。"源氏初次得女，格外珍爱，因而更加重视明石姬了。

明石姬怀孕生育之事，源氏从未对紫姬明言过。紫姬本是个温柔稳重的美人，但看到源氏公子的风流作风时，也难免心生怨恨。源氏暗自掐算，到五月初五，明石姬所生的女婴，该过五十日庆贺日了。他想象着那婴儿可爱的模样，一股浓郁的亲情涌上心头，恨不能早日见到这女儿。源氏公子致明石姬的信中说："我身在京都，心系明石啊！"

源氏内大臣参拜住吉明神神社，恰巧明石姬也赴神社参拜。她是乘船去的。船靠岸时，只见岸上非常热闹，明石姬船上的人向岸上人打听："是谁来参拜？"

岸上人答道："源氏内大臣来还愿！"明石姬心想："真可叹啊！有的是时日，竟偏偏选这个时候来！但我毕竟和他结下了不解之缘。然而连那些身份低贱者都能称心如意地侍候其左右，得意扬扬，而时刻关心他行踪的我，不知前世造的什么孽，偏偏就不知道今天这件大事，竟贸然前来凑这份热闹！"想到这里，不禁悲从中来，偷偷地泪下潸潸。

明石姬远远地望见源氏内大臣的车子行驶过来，特别伤心，甚至抬不起头来眺望这恋人的面影。明石姬颇感困惑，怨恨自己身份低微，不该久留此地，先到难波去了。源氏公子做梦也不曾想到明石姬也来了。这一夜通宵歌舞飨宴、举行各种仪式，诚心极尽所能来取悦神明。隆重程度超过原先所许之愿。神前奏乐规模盛大，通宵达旦。惟光等以前曾患难与共的人，都深深感谢神明的恩惠。惟光把明石姬的船为避开这里的盛况而绕行到难波的事告诉了源氏。

源氏公子辞别住吉神社后，到处观光游览，逍遥自在。他眺望难波的堀江一带，情不自禁地吟诵："寂寞至今同难波，纵令舍身又何妨。"流露出思念明石姬的心情。侍候一旁的惟光，可能是领会了源氏的用意，一如既往地从怀里掏出早已备好的短管毛笔和纸张，于停车时奉上。源氏公子心想："惟光真机灵啊！"于是，就在怀纸上书写：

幸得邂逅姻缘深（一）

源氏官复原职返京城后翌年，前往明石，与源氏生下一女的明石姬正好也乘船而来，却自感身份低微，不愿意与源氏见面。随从惟光了解源氏思念明石姬的心情，于停车时，将笔墨和信笺奉上，源氏书写了"幸得邂逅姻缘深"句。图为惟光来到车前递笔墨给源氏的场面。

舍身恋慕来为证，

幸得邂逅宿缘深。

写毕，将它交给惟光。惟光便派一个知情的仆人将它送交明石姬。明石姬忽接来书，不胜感激，流下了眼泪。

第十四回

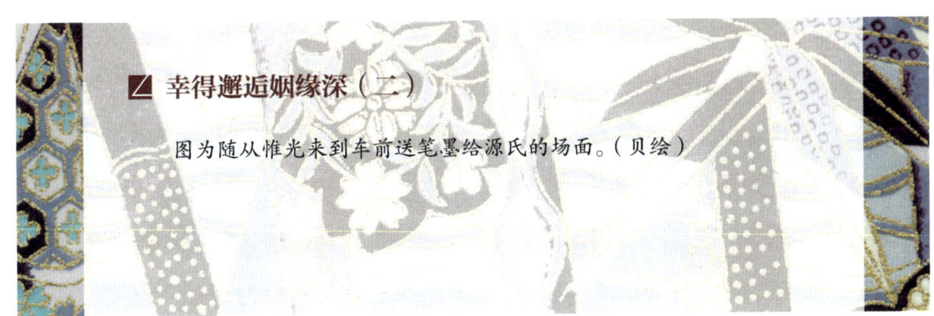

幸得邂逅姻缘深（二）

图为随从惟光来到车前送笔墨给源氏的场面。（贝绘）

蓬　生

源氏谪居须磨期间，寂寞度日。京城不少人都惦记着他，为他叹息。常陆亲王家的千金末摘花就是其中之一人。自从父王辞世后，她境遇非常凄凉。后来，意外地结识了源氏公子，承蒙公子的照拂备至，日子才过得安适惬意，就像天空上的明星映照在盆水里一样，光彩夺目。不料正在此时，源氏突然蒙受贬谪的大难，远赴穷乡僻壤的须磨湾，此后便杳无音信。末摘花异常孤单，连个稍加相助的人都没有。宫邸的杂草蓬生，掩没了整个庭院。四周的围墙处处坍塌，牛马都可任意入内践踏。可怜可悲之事，数不胜数。随着冬日的到来，末摘花的生活更无着落，她只有在悲伤中茫然度日。

翌年四月的一个夜里，源氏想起了花散里，他向紫姬打了招呼，就悄悄地前去造访。途中路过一处荒芜得不堪入目的宫邸，房屋四周，杂木丛生，简直就像一座森林。在月光的映照之下，盘缠在一棵高大的松树上的藤花，随风摇曳，传来一阵阵淡淡的清香，别有一番情趣，不禁引人怀旧。源氏透过车窗窥视，只见坍塌的墙垣遮挡不住低垂的柳枝，反而让它任意覆盖在残垣断壁上。难怪源氏觉得这些树丛好生面熟，却原来这里就是末摘花的宫邸。源氏觉得甚是凄凉，油然生起哀怜之情，遂令将车子停下来，说："这家那位小姐如今还依旧寂寞地住在里面吗？我想去探访。若特地前来未免太麻烦，今日顺道，你替我进去通报一声，探个清楚，再说出我的名字来。若弄错了人家，就显得轻率了。"

末摘花神情沮丧地陷入沉思之时，惟光走了进来，说："我是来打听你家小姐的情况的。如果小姐初衷不变，那么我家公子至今也还有心来探望她。今宵不忍过门不入，车子就停在门前了。"老侍女将这家种种困苦的情况告诉了惟光。惟光将末摘花的近况向源氏公子一一禀告。源氏听了不由地想道："实在太可怜了！在这样杂草丛生中度日，多么凄凉啊！我为什么不早些来访她呢？！”说罢，就想立即走进去。惟光把他拦住，说：“里面蒿丛蓬生，满是露水，难于插足，必须清除露水后方好进去。”公子听了，自言自语地吟道：

> 坚贞不屈赤诚心，
> 拨开蒿丛访伊人。

末摘花一味痴心地等待着源氏公子有朝一日会到来，如今终于盼到了。她坐在帏屏后面接待公子。源氏走进室内，把帷屏的垂帘稍稍拉开，窥视内里，只见末摘花仍然纹丝不动地坐在那里，没有立即回话。尽管如此，她内心不由地想到公子不嫌荒漠，不辞辛苦，亲自前来荒宅造访，这片深情着实令人感激，遂寥寥数语回答了源氏的话。源氏讲了一番意长情深的话，见到庭院里的松树比往年长得高大了许多，慨叹岁月的流逝，人生的浮沉。

第十五回

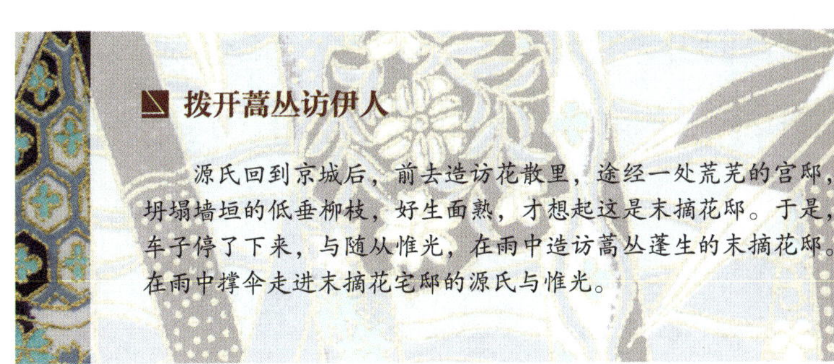

拨开蒿丛访伊人

源氏回到京城后，前去造访花散里，途经一处荒芜的宫邸，看见坍塌墙垣的低垂柳枝，好生面熟，才想起这是末摘花邸。于是，他将车子停了下来，与随从惟光，在雨中造访蒿丛蓬生的末摘花邸。图为在雨中撑伞走进末摘花宅邸的源氏与惟光。

关　屋

源氏公子流放须磨，忽获特赦，返回了京城。翌年秋上，常陆介也任期届满。他携家眷返京，进入逢坂关那天，恰巧是源氏公子赴石山寺还愿的日子。常陆守一行人来到名叫“打出”这个地方的海边时，听说源氏公子一行人已越过粟田山，还来不及让路，源氏的先遣人员已经接近了。于是，他们只好在关山下车，并将车子拖进杉树林里，卸下了牛车的套，支起车辕，人们都躲避在杉树后面，恭敬地望着源氏公子一行经过。可是，常陆介一行人的车子，有的已先行，有的还落在后面，眷属人数众多，这边还有十辆车子，女眷们的衣衫袖口、衣裳色泽露在车帘外，一见便知绝非乡下女子的衣着。源氏窥见，觉得这像是斋宫下伊势时，人们出来瞧热闹的游览车似的。源氏鲜有地又重获荣华，其先遣人员也为数众多，这十辆车子吸引着人们的视线。

时值九月下旬，红叶尽染，浓淡有致，还有经霜打而枯萎的簇簇草丛，交织出一派色泽斑斓的秋景，别有一番风情。源氏一行人从关屋启程，很快地就来到了远离村庄的地方。源氏的车子垂下帘子，他把常陆介一行人中现任右卫门佐的小君唤来，让他向其姐空蝉传话：“我今特地前来关屋相迎，多少总能体谅此志吧。”源氏回顾诸多往事，不胜感慨。但他在众人前面，不便细说，心中却十分惆怅。空蝉也何曾忘却那桩秘密的往事，如今暗自思念起旧情来，不禁愁绪万斛。她心中吟道：

去来落泪流成川，
行人误认是清泉。

然而，她一想到公子又怎么会知道自己的这份心情，也就觉得这只不过是枉然独吟罢了。

源氏将右卫门佐唤来，令他给空蝉送信。右卫门佐心想：“事隔多年，我以为他早就忘得一干二净，他真的没有变心啊！”源氏寄给空蝉的信写道：“前些日子在关屋相遇，但觉宿缘犹存，不知你是否亦有同感？只是

逢坂偶遇暗自喜，
未能谋面实可惜。

我对你家那位守关人［译注：戏称她的丈夫常陆守］，真是既羡慕又妒忌啊！”公子又对右卫门佐说：“我与她已久疏联络，但我的心始终未变，习惯于把旧情看作是今日的新恋。不过，她也许会埋怨我说的这些风雅之事吧。”说罢，他将信递给右卫门佐。右卫门佐荣幸地持信前去姐姐空蝉那边，对姐姐空蝉说：“还是给他回封信吧。其实，我原以为公子对你的那份心不会如昔日那么执著了，可没想到现今他还同样亲切，这份盛情真值得感激啊！尽管我觉得充当这种传递书信的差使很是无聊，但是，感于公子这份亲切的情怀，难以冷漠地断然拒绝。更何况

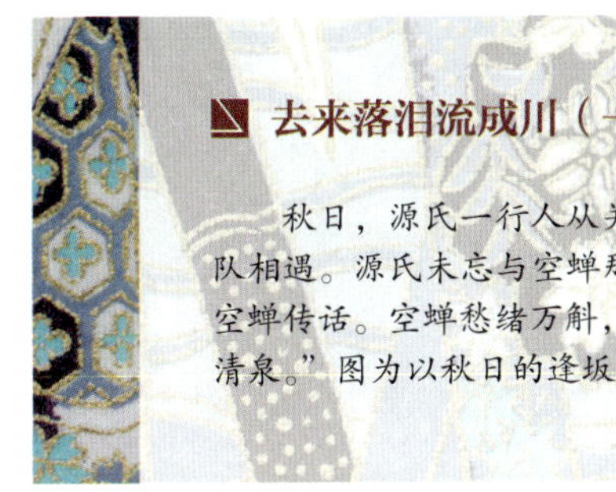

去来落泪流成川（一）

秋日，源氏一行人从关屋启程，路上与携眷的常陆介一行人的车队相遇。源氏未忘与空蝉那桩往事，让常陆介一行人中的小君向其姐空蝉传话。空蝉愁绪万斛，心中独吟：“去来落泪流成川，行人误认是清泉。”图为以秋日的逢坂关为背景的车队。此图为日本国宝。

你是女流之辈，盛情难却，给他写封回信，恐怕谁都不会怪罪于你的吧。”空蝉现在比从前显得更加腼腆，动不动就自惭形秽，但念在公子难得来信的份上，终于提笔复函曰：

“逢坂关口是何关，
忧思翩跹诚可叹。
往事犹如梦一场！”

源氏公子觉得空蝉既可爱又可恨，总之她是个令人难以忘怀的女子。此后他依然时常给她去信，试图打动她的芳心。惟空蝉悲叹自己命途多舛，便独自悄悄地削发为尼了。

第十六回

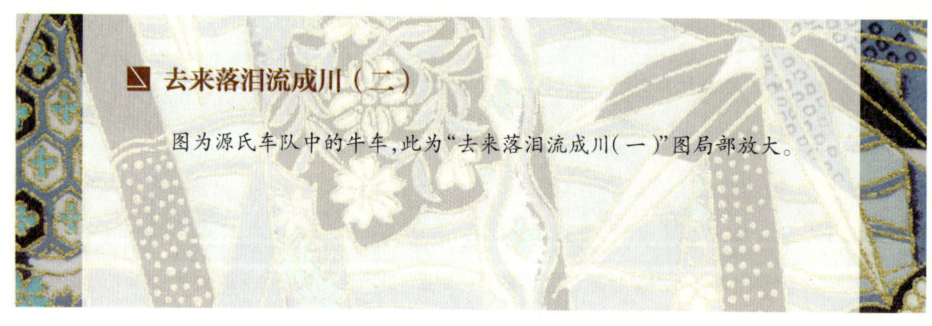

去来落泪流成川（二）

图为源氏车队中的牛车，此为“去来落泪流成川（一）”图局部放大。

赛　画

在诸多的艺技中，冷泉天皇对绘画最感兴趣。他兴趣所致，自己也画得一手好画。梅壶女御［前斋宫住在梅壶院，因而称梅壶女御］擅长绘画，冷泉天皇自然向往，经常到她那里，彼此交流作画。梅壶女御作画，随心所欲，挥洒自如，时而靠桌搁笔沉思，显出一副深通此道的模样。那副可爱的姿态，令人倾倒。缘此，冷泉天皇更常来梅壶院，自然愈发宠幸她。弘徽殿女御之父权中纳言，本是个好胜逞能的人，闻知此消息，心中万分焦急，想道："我女儿怎么可以输给别人呢。"于是，他召集众多优秀画家，给他们备好最上乘的纸张，叮嘱他们务必全力以赴地绘出无与伦比的画来。他认为"物语绘"最富情趣、最耐人寻味，于是极尽可能地挑选些饶有兴味又富情趣的题材让他们作画，并将这些画拿到弘徽殿女御处，呈皇上御览。

这些画都是精心绘制的上乘之作，皇上又临幸弘徽殿来赏画了。但是，弘徽殿女御不轻易就拿出来呈皇上御览，更不舍得让皇上拿去给梅壶女御看。因此，她珍惜地秘密收藏起来。源氏听闻此事，笑道："权中纳言那好胜的孩子脾气，依然故我啊！"于是，向冷泉天皇奏道："动辄密藏，不轻易呈上御览，以致圣心焦急，实在令人震惊。臣家藏有古画，都应取呈奉上来。"说罢，他返回二条院，打开收藏着新旧画幅的柜橱，与紫姬一起挑选。但凡新颖而又富有情趣的种种作品，都一一取出，归置齐整。只是描绘诸如《长恨歌》与王昭君的画，虽然饶有情趣，但故事情节不吉利，故今次不拟选出。源氏趁此机会，也打开珍藏着须磨、明石旅次日记绘画的箱子，以便让紫姬一睹这些画。

紫姬看过这些感人的画幅后，不由地埋怨源氏为何此前不早些给她看，遂吟歌曰：

“孤身留京守空闺，

莫若渔女入画中。

心中的不安，也得以慰藉啊！”源氏听了她的歌，对她不胜爱怜。

权中纳言听说源氏正在收集画幅，就更加别具匠心地将画轴、表皮、带子等装饰得格外精美。三月十日前后，天空晴朗，正是春光明媚惹人起兴的季节。宫中诸院每日闲来无事，就竞相收集书画，以此消磨时光。源氏心想：“同样是竞赛，何不扩大规模，让冷泉皇上能够更多地御览呢。”于是，他特别尽心地收集各种佳作，并送到梅壶女御宫中。

梅壶女御和弘徽殿女御各自都收集了为数不少的各种名画。“物语绘”内容丰富，构思细腻，可以使人产生一种亲切感。缘此，梅壶女御净是挑选古典物语的、饶有情趣的佳品。弘徽殿女御挑选的，则都是当今鲜见的、题材风雅的杰作。若论外表的新颖与华丽，弘徽殿女御选的，则是上上乘之作。侍候皇上身边的女官，但凡略通此道者，对这些画无不如此这般地相互加以品评，这几乎已成为近日来的作业了。

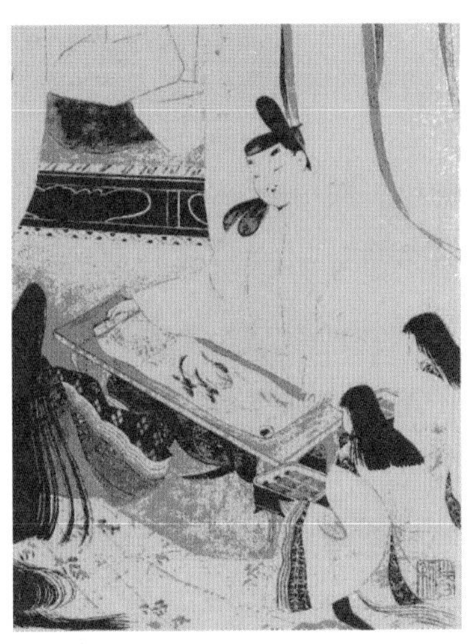

藤壶母后进宫来，听见众女官议论纷纷、各抒己见时，就将她们分为左右双方，梅壶女御为左方，弘徽殿女御为右方，让彼此互相争论，各述各自的理由，藤壶母后听了颇感兴趣，她建议：“首先将左方所展示的物语鼻祖《竹取物语》中的老翁和右方所展出的《宇津保物

语》中的俊荫这两卷画并列在一起，让双方争辩其长短优劣。”但是，争来争去，最终还是无法决定谁优谁劣。

此时，恰巧源氏内大臣进宫，看见她们如此热烈地争论，觉得很有意思，说道：“同样是争论，就在皇上御前决胜负吧。”他预先也估计到可能会出现此种情况，所以起先不将特别优秀的作品拿出来，如今时机已到，就将须磨、明石二卷拿了出来，加入其中。权中纳言的用心，也不亚于源氏，他特地设置一间密室，令画家在室内作画，不让他人瞧见。朱雀院闻知此事，就将所藏佳作送给梅壶女御。在这些作品中，

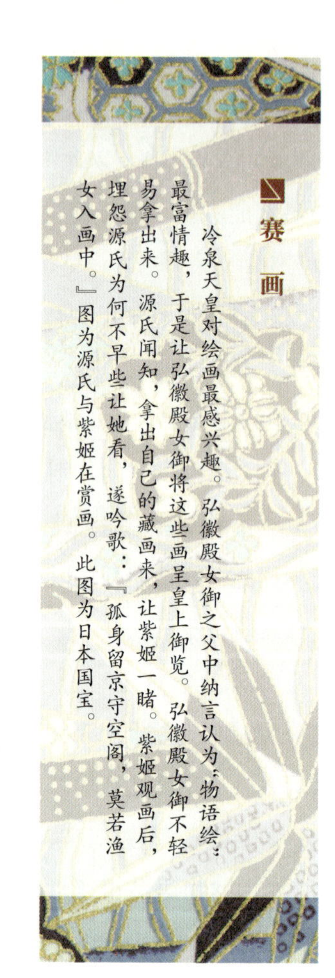

赛画

冷泉天皇对绘画最感兴趣。弘徽殿女御之父中纳言认为：物语绘：最富情趣，于是让弘徽殿女御将这些画呈皇上御览。弘徽殿女御不轻易拿出来。源氏闻知，拿出自己的藏画来，让紫姬一睹。紫姬观画后，埋怨源氏为何不早些让她看，遂吟歌：『孤身留京守空阁，莫若渔女入画中。』图为源氏与紫姬在赏画。此图为日本国宝。

有描绘宫中全年举办各种仪式的画，皆是前代诸卓越画家所作，画得异彩纷呈，且饶有情趣。

赛画的日子决定了。虽然时间较仓促，但却操办得井井有条，颇具风雅的情趣。皇上宣召源氏内大臣和权中纳言上殿。左右双方所展出的画，都各有千秋，精妙绝伦，一时甚难断定优劣。评判尚难裁断胜负之际，天色已擦黑。赛画到了最后一轮，左方展出须磨画卷，权中纳言看了，不禁心惊肉跳。右方当然也早有准备，精心挑选最优秀的画作，作为压轴作品展现了出来。无奈源氏公子画技高超，加之恰巧在蒙难谪居期间，将万斛思绪凝聚笔端，挥洒自如，其作画之卓越成果，自然所向无敌。众人看了这画，不由地感到刚才过目的所有画作几乎索然无味，大家的兴致自然而然地聚焦在须磨画卷上，深感画面洋溢着缕缕哀愁，却又饶有情趣。结果这画卷力压群芳，左方从而获胜。

在此后一段时间里，众人几乎每天都在品评须磨画卷。源氏对藤壶母后说：“这须磨画卷就留在母后处吧。”藤壶母后也很想再细细欣赏一番，就回答说：“让我再一卷卷地看下去吧。”源氏见皇上对这次赛画感到很满意，自己也满心欢喜。权中纳言觉得源氏内大臣连在赛画这样的区区小事上，都如此袒护梅壶女御，便担心自己的女儿弘徽殿女御会因此失宠而屈居下位，但又见皇上依然亲近弘徽殿，并关怀备至，也就觉得即使源氏内大臣袒护梅壶女御，亦可释怀了。

第十七回

松　风

源氏内大臣的二条院东院新建工程业已竣工，他让花散里迁居这东院中的西殿，包括游廊等处。拟给明石姬提供居住在东殿。准备让以前一时结缘并许以赡养终身的女子都集中住在北殿里。正殿空着，作为自己偶尔来时的憩休之地。

源氏常去信给明石姬，希望她尽早上京来。但是，明石姬自知身份低微，未敢贸然前往。明石道人蓦地想起：他夫人的已故祖父，在京郊嵯峨大堰河附近有一所宅邸，没有继承人，因此这宅邸经年累月早已荒芜。只有一个上代传下来的类似管家的人，现正管着这领地。明石道人让这管家领了一大笔修缮费，抓紧修缮那宅邸。

源氏不知道明石道人有这种打算，只是不解明石姬为何不愿进京。大堰宅邸修缮竣工后，明石道人才把发现此宅邸后的原委禀告源氏。这时源氏才恍然大悟。他派了几个亲信，悄悄地赴明石湾迎接明石姬。此时正值秋天，出发那天拂晓，秋风萧瑟，虫声啁啾。上午八点，一行人乘船起航。在古人所咏叹的“明石海湾朝雾浓”中，渐渐远去。明石道人目送行船，心中着实悲伤，久久不能平静，只顾茫然若失地眺望。

大堰的宅邸颇有意趣，新增添的游廊式建筑样式也颇具情趣，庭院里的流水布局雅致美观。源氏让几个亲近的家臣，在大堰邸内操办洗尘的贺宴。他自己何时前去，只是眼下有所不便，还须找个适当的借口，再作安排。时间不觉已过数日，明石姬不见源氏来，心中万分悲戚，成天思念辞别了的家乡。幽闲寂寞之时，取出昔日公子赠送她留作纪念的那张琴来，抚琴独奏。时值秋季，一股难以忍受的寂寞悲情，涌上了心头。她独居一室，可以随心所欲地抚琴。稍弹片刻，只觉松风无情地与琴声共鸣。

松风琴声难共鸣

明石姬与源氏生下一位小女公子，因自己身份低微不愿随源氏进京城。源氏在大堰河边的松林中为她建了一座简素雅致的正殿。她独居一室，孤寂之时，拿出源氏赠送的琴来，抚琴独奏。松风无情地与琴声共鸣，一股难以忍受的寂寞悲情涌上了心头。图为在大堰河边宅邸里，源氏抱着小女公子与明石姬在一起。

明石姬母女如此度日，深感无常。源氏内心更是忐忑不安，遂顾不上他人的注目，决心前往大堰邸访问。源氏此番出门是微服出访，他抵达大堰已是日暮时分。明石姬看见源氏公子仪态之文雅，举世无双，简直目眩，不禁惊喜万状，先前的满腹愁云顿时尽消。源氏到了邸内，觉得一切都珍奇亲切，他看见了小女公子，年仅三岁，却已长得如此美丽，简直心疼得不得了。

源氏回到二条院，歇息片刻，然后将嵯峨山乡的情况讲给紫姬听。紫姬心中照例很不愉快。源氏靠近紫姬身旁对她说："不瞒你说，她已经生下一个可爱的小女孩儿，可见宿缘非浅。可是，这女孩的母亲身份低微，我若公然把这孩子当作女儿来抚养，又恐招徕非议，实在烦恼，请你体谅我，替我想个法子，一切听你定夺。你看如何是好，是否将她接到这里来由你亲自抚育调教好不好？"紫姬脸上露出微笑。原来紫姬天生喜欢小孩，很想得到这女孩，抱在怀里抚育她。源氏心中犹豫不决，该如何是好？真的将她迎接来吗？

源氏不便常去大堰邸，只有前往嵯峨佛堂念佛时，顺便去造访，每月仅有两次欢会的缘分。比起一年一度相会的牛郎织女来，仅略胜一筹而已。明石姬虽然不敢有更多的奢望，但心中哪能没有忧虑呢？

第十八回

薄　云

随着冬天的到来，大堰河畔的宅邸显得越发冷清，明石姬母女闲寂无聊，蹉跎岁月。源氏也劝说道："在这里毕竟日子不好过，不如迁居到我近旁来吧。"明石姬踌躇不决，源氏又说："不瞒你说，紫夫人那边早已得知你有这个孩子，她也总想看看这孩子。"明石姬心想："像我这样微不足道的人，当然不能和紫夫人并肩受宠。若贸然迁居东院，岂不被她耻笑。就算不计较我自身的利害关系，也要考虑孩子的前途，终归要仰仗她的照料。不如趁孩子天真幼稚时，将她让给紫夫人吧。"可是转念又想："这孩子一旦离开我，寂寞之时，我不知会多么想念她，无以慰藉，我将如何度日？再说，这孩子一去，还有什么可以吸引公子偶尔前来造访呢？"她思前顾后，乱了方寸，只觉此身忧患无穷。

源氏体谅到做母亲的把孩子送给别人后的悲伤和牵挂之情，内心觉得非常对不起明石姬，便对她反复说明自己的用意，并多方安慰她。傍黑时分，源氏一行人始到达二条院。源氏想到山边大堰宅邸内的明石姬失去了孩子会多么寂寞，就觉得很对不起她。但是看到紫姬犹如自己所爱地朝暮抚育这孩子，又感到她是抚养这孩子的最适当人选，十分惬意。紫姬非常疼爱这小女孩，仿佛获得一件其美

夕照山巅薄云灰

源氏相思明石姬，望着飘浮在山巅上方一片灰色的薄云，情不自禁地吟道："夕照山巅薄云灰。"于是，他借口去嵯峨佛堂，就访问了大堰河边明石姬宅邸，抚慰明石姬。图为源氏和明石姬在大堰河边的宅邸里，在眺望大堰河畔的景色。

无比的宝贝儿。

且说这时，葵姬之父太政大臣辞世了。源氏公子觉得除了他自己以外，别无其他后援天皇的人可委托的了。出家的藤壶母后，于今年早春患病，到了三月里，她的病情越发加重。源氏从朝廷的角度来看，觉得太政大臣刚辞世，藤壶母后又垂危，不幸之事接连发生，实在可悲。近年来，他对藤壶母后的恋情早已断念。惟有想到今生再也没有与她叙谈的机会，不免悲伤万分。不久，藤壶母后犹如灯火熄灭般，安静地仙逝了。源氏心中之悲痛，难以言喻，只见他一味哀叹。

源氏独自关闭在佛堂里，终日暗自哭泣。夕阳余辉艳丽地照耀着山边的树梢，清晰可辨。飘浮在山巅上方的薄云，呈现一片深灰色。在这万事都提不起兴趣的时刻，这片灰色的薄云，却格外惹起他的伤感，情不自禁地吟道：

夕照山巅薄云灰，
恰似丧服色深沉。

佛堂里无人听闻，枉然独吟而已。

第十九回

槿　姬

在贺茂神社当斋院的槿姬，由于父亲桃园式部卿亲王去世，辞职移居别处守孝。源氏向来有一种习癖，一旦钟情，决不忘怀。缘此，他三番五次去信慰问槿姬。九月间槿姬迁居旧宅桃园宫邸。源氏闻知，心想：姑母五公主也住在桃园宫邸，于是借口探望五公主，前往拜访了槿姬。

傍黑时分，源氏已走到槿姬居室前，透过深灰色包边的帘子，隐约窥见室内挂着黑色的帷屏，令人感到凄怆。一股幽雅的熏衣香味儿随着微风飘忽过来，荡漾着无比感人的情趣。源氏对槿姬那副殷勤恳切的仪态，显得比以前更加俊美、潇洒了。

这事终于泄露了出去。世人纷纷议论说："源氏内大臣恋上前斋院了。"这些话传到紫姬耳朵里，她观察了一段时间之后，才忧心忡忡地想："他果真在患相思了，可是在我面前还装作很忠实，谈起此事时就戏言搪塞过去。"又想："槿姬与我同样都是亲王血统，但她声望高，一向受人敬重。若公子的心偏向她，对我很不利。多年来我备受公子宠爱，无人可以与我比肩，我享受惯荣华富贵，如今倘若被人压倒，岂不伤心！"她不禁悲叹，接着又想："我自幼受他的关爱呵护，他多年来关怀我的这份深情，哪能……"

鹅毛大雪，纷纷扬扬，积雪已经很厚，此刻还下个不停。日暮时分，观赏雪中的松与竹那各有千秋的丰姿，别有一番风情在心头。雪光映衬下的源氏和紫姬的身影，越发光彩照人。源氏让侍女将帘子卷起。只见月光普照，大地一片白茫茫。庭院里枯萎草木的残影，令人可怜。小溪流水也已冻结，不流淌了。池塘冰封水面，呈现一派凄怆的景色。源氏公子便命女童们下到庭院里去滚雪球。在月光映照下，女孩们的姿影分外可爱。

雪夜缅怀昔日情

紫姬闻知源氏恋上前斋院槿姬，忧心重重，又回想起源氏对自己的深情，就与源氏在日暮时分观赏雪中的松竹各有千秋的丰姿，共叙今昔的种种往事，吟歌“雪夜缅怀昔日情”。图为源氏与紫姬眺望庭院里的女童们滚雪球，在月光映照下，她们的姿影分外可爱。

源氏和紫姬两人，共叙往昔与现今的种种事情，直到深夜。月色更加明亮，万籁俱寂，情趣深沉。紫姬吟道：

> 冰封池塘溪流冻，
> 清澈月影独行空。

她略微侧着头朝外看，那姿态分外妖娆，无与伦比。她的发型容貌酷似源氏所恋慕的藤壶母后，源氏忽然觉得母后的幻影与紫姬的身影重叠，着实妩媚动人。于是，他对槿姬的爱慕之心，多少也收了回来。恰在此时，传来了鸳鸯的啼鸣。源氏吟道：

> 雪夜缅怀昔日情，
> 鸳鸯哀鸣更添愁。

回到寝室就寝后，源氏公子依然思念着藤壶母后。在似梦非梦的恍惚中，他隐约看见藤壶母后出现在眼前。

第二十回

少　女

葵姬所生的小公子夕雾，今年已十二岁，源氏急于为他举办戴冠仪式。本想在二条院举行，但夕雾的外祖母太君很想在自家宅邸举办，以亲睹这一仪式。太君这要求自然合乎情理，不可悖违，以免使她伤心。于是，源氏便决定在已故太政大臣邸内举行。

源氏本想封夕雾四位官爵，世人也都料定如此。但是，夕雾还年幼，处在任性的阶段，若让他一跃就登上四位，反而会被人认为这是权臣的故技。因此，源氏取消了此念头，决定封他六位，穿淡绿官袍，仍特许上殿。太君闻知此消息，极为不满，源氏便向她解释。夕雾这孩子也很不高兴，心想父亲管我过于严厉，心中不免有些怨恨。他成人，应考文章生、拟文章生等，全都顺利及第。源氏内大臣又经常在邸内举办诗会，文章博士、学者等都应邀参加，他可以施展才华，并获得优厚待遇。总之，各路贤才，只要有真才实学，都能各得其所，充分发挥才干，获得社会的承认，真可谓是学术繁荣的时代。

不久，宫中开始酝酿立后之事。源氏内大臣举荐梅壶女御。但是，其他皇族则认为：藤壶与梅壶都是亲王家的女儿，两代皇后不宜都出自亲王家，因而并不

少女当年舞翩跹

宫中举办五节舞会，此时闷闷不乐的夕雾，散心去到二条院源氏邸。源氏凭自己的经验，深恐发生意外，不让他接近紫姬。舞会上，源氏回想起当年在五节舞会上的那个筑紫少女，便给他一信并附歌感叹“少女当年舞翩跹，旧友不觉已中年。”图为夕雾在源氏邸窥视参加五节舞会的舞姬的情形。

赞同。他们认为："弘徽殿女御入宫最早，理应册立为后。"于是，双方的袒护人各有居心，暗中争斗。结果，终于册立了梅壶女御为皇后。

此时，源氏内大臣晋升为太政大臣，右大将升任为内大臣。源氏太政大臣便将天下政务移交给新任内大臣掌管。这位新任内大臣的女儿，除了弘徽殿女御之外，还有一人，叫做云居雁，年方十四，与弘徽殿女御异母。新任内大臣重视弘徽殿女御远胜于云居雁，但云居雁与夕雾同在祖母太君膝下长大。夕雾对她表示好感。云居雁自然也爱慕夕雾，两小无猜。

但是，内大臣心想："姑表姐弟成亲，外人也会议论的，何况源氏硬把我女儿弘徽殿女御的气势压倒，我正指望这云居雁进宫侍候太子，也许能压倒他人的气焰，为我争回这口气。"

且说，今年的五节舞会，源氏太政大臣家须要派遣一位舞姬。云居雁的继父按察大纳言和内大臣之弟左卫门督，都把女儿送去当舞姬。源氏太政大臣家所遣送的，是现任摄津守兼左京大夫惟光朝臣的女儿。因为当过舞姬，便可在宫中充当女官。

入大学的夕雾，终日闷闷不乐，漫步到二条院去散心。源氏本人有切身经验，深恐发生意外。所以，不让他接近紫姬。今天因为迎接舞姬，各处乱哄哄，夕雾也就混进紫姬的西殿里去了。

源氏太政大臣进宫观赏五节舞蹈时，回忆起昔日五节舞会中那个筑紫少女，便在正式舞会的当天傍晚，给她写了一封信，并附歌曰：

少女当年舞翩跹，
旧友不觉已中年。

他回首流逝的岁月，当年可爱少女的倩影便浮现在脑海里，一股怀旧之情油然而生。

第二十一回

玉　鬘

岁月流逝，事隔十七八年，源氏公子对夕颜仍未忘怀。他见过众多窈窕淑女，然一想起这位夕颜，就觉得她很可恋慕，也很可怜惜，倘若她还活在人世间……

乳母一直在打听夕颜的下落，四处求神拜佛，日夜哭泣思念，向所有相识者探询，但最终还是杳无音讯。她想："既然如此，实属无奈，我只得抚养夕颜夫人的这个女儿玉鬘，就当作夫人的遗念吧。"不料乳母的丈夫太宰少式突然病故，欲将玉鬘送返京城的希望越来越渺茫。到了二十岁上，玉鬘已经明白自己的身世，但觉人生实在痛苦。这时他们已迁居肥前国。地方有一个大夫监，爱好风流，决心要将玉鬘弄到手。乳母甚为担心，设法尽快将玉鬘护送进京。乳母的儿子丰后介便雇一艘快船，向京都飞速驶去。抵达京都后，由于少有依靠，吃尽苦头，好不容易才走到了椿市地方。玉鬘一路上艰难行走，脚底也红肿得无法动弹。他们不得已只好暂时在椿市某一人家休息。正在这时有一群人走了进来。

这来客正是日夜思念玉鬘而悲伤哭泣的、昔日夕颜的侍女右近，右近在源氏公子家当了十几年的侍女，她渴望找到小女主人玉鬘，以便终身有个好归宿。右近悄悄地观察乳母家这一班人，只见其中一女子，身穿一件初夏的单衣，一头乌发，模

旧恋情怀今犹存

事隔十余年，源氏仍十分思念夕颜，才将他与夕颜结缘之事告诉紫姬。京城的官人都想将少女玉鬘弄到手。乳母与玉鬘乘船进京城。当晚，源氏就访问了她，并将见面的情景描述给紫姬听，还写了一首歌："旧恋情怀今犹存，玉鬘何缘把我寻。"这时才揭开玉鬘是夕颜的遗孤。图为玉鬘等一行乘船进京。

样异常的美。她看出此人就是玉鬘，觉得深深可怜又可爱，不胜其悲。这一天，她们谈了种种往事。右近回去后就参见源氏太政大臣，禀报了玉鬘的事。源氏听了这情况后，好几次单独召唤右近。源氏对她说：“叫她到这边来住吧。”这时，源氏才将当年他与夕颜结缘的事告诉紫姬。紫姬听到他有这种秘密之事，露出了怨恨的神色。

且说，源氏太政大臣请花散里当玉鬘的继母。玉鬘迁居时，大约用了三辆车子，源氏赏赐了许多绫罗等物品。当天晚上源氏就访问了玉鬘。他看见玉鬘长得很漂亮，心中十分欣喜，便描述给紫姬听，还拿来笔砚，随手写了一首歌，歌曰：

旧日恋情今犹存，
玉鬘何缘把我寻。

写毕，源氏情不自禁地独自叹息：“真可怜啊！”紫姬这才知道原来这女孩玉鬘是源氏所深爱的夕颜的遗孤。

第二十二回

初　鸣

新年早晨，天空晴朗，万里无云。树木在抽芽，普通人家墙根的嫩草也在雪中冒出了头。一派盎然的春意。人们的心情自然显得悠闲恬静，更何况瑰丽堂皇的六条院及庭院各处，美景更是甚多。紫姬居住的春殿，尤为显眼，庭前的梅花飘香，与帘内的熏香交融，迎面飘逸而来，令人疑是亲临现世的极乐净土，却又不像净土那么庄严，能够住得舒适，安闲度日。

从上午起，贺年客人络绎不绝，异常热闹。日暮时分，源氏才得以抽身访问诸位夫人。只见她们一个个精心着装，倩影袅娜，简直令人百看不厌。他对紫夫人说："早晨众侍女互相祝贺，好不快乐，令人欣羡啊！现在我也来向你表示祝贺之意。"说着，便带几分开玩笑地念诵起祝词来。每遇喜庆节日，他们彼此都互相祝贺，共祝永恒的幸福。

源氏太政大臣来到明石小女公子那里，明石姬特地备办了一些竹编的须笼和丝柏木制的盒子，送给源氏太政大臣，并在一枝形状挺美的五叶松枝上，系上一只人造黄莺，附上一封信，表达心意，并咏歌曰：

"岁月如流日渐长，
黄莺初鸣今早盼。

这里是听不见任何声音的寂寞之乡啊！"源氏太政大臣看了她所咏的歌，十分怜悯她的孤寂，顾不得元旦喜庆的忌讳，情不自禁地流了同情的眼泪。

源氏太政大臣来到花散里所居住的夏殿。他与这位花散里夫人的感情与日俱增，彼此亲密无间，如今无须强求留宿，过夫妻生活，却维持着夫妇相当和

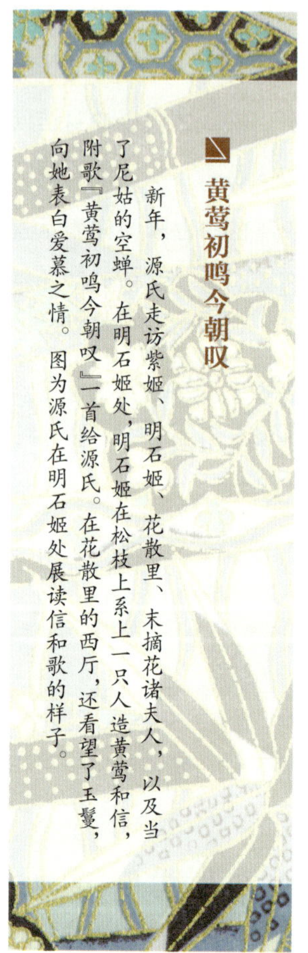

黄莺初鸣今朝叹

新年，源氏走访紫姬、明石姬、花散里、末摘花诸夫人，以及当了尼姑的空蝉。在明石姬处，明石姬在松枝上系上一只人造黄莺和信，附歌『黄莺初鸣今朝叹』一首给源氏。在花散里的西厅，还看望了玉鬘，向她表白爱慕之情。图为源氏在明石姬处展读信和歌的样子。

睦的情份。两人亲昵地叙谈了去年的一些往事之后，源氏太政大臣就到西厅去看望玉鬘。

玉鬘还没习惯宫廷生活。今天她穿上源氏太政大臣所赠给她的金黄色春装，她的容貌仪态简直如花似玉，几无瑕疵。源氏看见她长得如此标致，心想：如果

睦的情份。两人亲昵地叙谈了去年的一些往事之后，源氏太政大臣就到西厅去看望玉鬘。

玉鬘还没习惯宫廷生活。今天她穿上源氏太政大臣所赠给她的金黄色春装，她的容貌仪态简直如花似玉，几无瑕疵。源氏看见她长得如此标致，心想：如果

不将她收养下来，让她住在六条院，实在太可惜了。同时，还觉得仅仅把她当作女儿来看待，似乎还不满足。玉鬘对源氏虽已很熟悉，但总觉得他毕竟不是自己的亲生父亲，难免还存有顾忌，不敢放心去亲近他。

傍黑时分，源氏太政大臣来到明石姬所居住的冬殿。他走进室内，不见明石姬本人。他扫视了一下四周，只见砚台近旁星散地放置着许多书稿，他就拿起来阅读，有几首感情深沉的古歌，是明石姬在难得收到明石小女公子写给她的歌后而作的答歌。有的吟咏，好容易等到黄莺的初鸣，悲喜交集之情油然而生。源氏太政大臣拿来一一阅读，边读边露出微笑，那神态幽雅动人。

新年忙碌的日子打发过后，源氏太政大臣便访问了这二条院中人。其中有末摘花。从前，末摘花一头又长又浓密的乌发，如今竟混杂着丝丝白发。惟有那鼻头上的红色，格外鲜艳，连春霞也遮掩不住。源氏不禁叹息，他特意把帷屏拉拢起来，以求相隔。但末摘花却并不那么介意。

源氏太政大臣辞别末摘花后，又去探望尼姑空蝉。空蝉坐在一面颇具匠心的青灰色的帏屏后面，隐蔽全身，只露出一只色彩与青灰色相衬的衣袖口。源氏看了颇感亲切，情不自禁地流下泪来，对她说：“我只能遥念你这位松浦岛上的师姑啊！回想起来，很早以来我与你就结下了多灾多难的因缘。如今总算只有晤谈这点缘分没有断绝。”空蝉也感慨良多，答道：“承蒙你如此关照，便是深厚的缘分了。”

像末摘花和空蝉那样受到源氏太政大臣庇护的女子甚多。源氏都一一前去探望。

第二十三回

蝴　蝶

三月下旬，紫姬居住的春殿庭院内，花香鸟语，春天的景色比往年分外妖娆。假山上的树丛、湖中小岛上的苔藓，呈现一派苍翠绿韵。源氏命人把预先造好的中国式游船抓紧装点。拟于该船下水的那天，从雅乐寮宣召一些乐人来，在船上举办船上奏乐会。

龙头首的游船装点得富丽堂皇，很有中国风格。掌舵、撑船的童子，头发都梳成双侧结总角发型，身穿中国式的服装。未曾见习过这种场景的侍女们，在如此宽阔的湖中乘船，她们感觉仿佛真的来到了陌生的外国似的，满怀浓厚的兴趣。

天色行将黄昏，乐人奏出《皇獐》之曲，听来饶有兴味。大家舍不得离开游船，可是游船已经划近钓殿，只好依依不舍地离船上岸了。

这天，秋好皇后开始举行春季讲经会。昨夜许多女眷没有回家，就在六条院歇宿。正午时分，大家都来到秋殿上，源氏太政大臣也一起到会。春殿的紫夫人所要做的法事是向佛献花。她精心挑选八个相貌端庄的童女，分成两排，四个童女身着鸟服装扮作鸟，另四个童女身着蝴蝶服装扮蝴蝶，让穿鸟服的童女手持银花瓶，瓶内插上樱花，让穿蝴蝶服的童女手持金花瓶，瓶内插棣棠花。樱花与棣

春园蝴蝶舞翩跹

春天景色分外妖娆。源氏命人将预先制造的唐式游船下水，从雅乐寮宣召乐人，在船上举办奏乐会，让童男童女扮装鸟儿和蝴蝶，划向秋好皇后的秋殿。紫姬将这艳丽的情景，作歌“春园蝴蝶舞翩跹”一首，呈秋好皇后。图为紫姬在装点着龙头首鸟的唐式游船上的光景。

棠花虽都同样是花，但她所精选的是最美的花枝，让它吐出无与伦比的芳香。八个童女乘上船后，从春殿南面的假山脚下启程，向秋好皇后的秋殿的方向划过去。一路上，春风习习，飘落了数瓣瓶中的樱花。载着童女的船，在春霞之间缓缓地划了过来。这情景，十分艳丽，美不胜收。紫夫人致秋好皇后的信，由夕雾中将呈上，内有歌云：

春园蝴蝶舞翩跹，
惟恐扰君待秋天。

秋好皇后读毕，知道这是去年她所赠红叶歌的答歌，脸上露出了微笑。昨日应紫姬的邀请去参加游船的侍女们，都被春花所吸引，彼此谈论说："这春天的景色果然是很美啊！皇后似乎也不由地赞赏呐。"

且说，住在西殿的玉鬘，自从在踏歌会上与紫姬等人见过面后，大家对她多有好感。恋慕她的人也相当多。可是，源氏认为此事不能掉以轻心，草草决定。再说，他自己心中也不愿长此以往做她的父亲，有时甚至想通知她的亲生父亲内大臣，说明实情，以便公开娶她。源氏之子夕雾中将比较亲近玉鬘，经常走到她的居室挂帘的近旁。玉鬘也亲自与他应答。这种时候玉鬘总是很腼腆，她确信大家都知道他们是姐弟关系，对她一本正经，绝无邪念。内大臣家诸公子不知玉鬘是自家的异母兄妹，常通过夕雾对她表示万般恋慕。玉鬘对他们毫不动心，只是私下感到这种兄妹之爱，内心就很是痛苦。

一天傍晚，久雨后初晴，四周相当寂静。庭院里的小枫树和槲树繁茂青翠。源氏仰望天空，景色宜人，令人心旷神怡，不禁吟咏白居易的"四月天气和且清"的诗，这时脑海里首先浮现出玉鬘的倩影，便照例悄悄地来到她的屋子里，对她

说道："我每次看见你，总怀疑自己是在梦中，更觉依恋不舍，但愿你不要疏远我啊！"说着握住玉鬘的手。玉鬘颇感狼狈，俯伏着身子，那娇羞的神态，妩媚动人，源氏看了，更觉她可爱而越发动心。他向玉鬘表白了爱慕之情后，就不像古歌中所咏那样"太田之松忍恋苦，本欲启齿又踌躇"，便继续向玉鬘求爱，频频纠缠。玉鬘狼狈周章，心乱如麻，苦恼得只觉无地自容，终于病倒了。

第二十四回

萤火虫

玉鬘不幸遇上意外的烦恼，乱了方寸，不知如何对付这位义父才好。外人都确信他们是父女关系，谁做梦都没有想到会有这等事情发生。因此，玉鬘只能暗自伤心，觉得源氏不成体统，令人厌恶。至于源氏，他经常去探望玉鬘，每当侍女不在她身边，四周静寂之时，他就向玉鬘表白恋慕之情。玉鬘心中甚是懊恼，却并不断然拒绝，使他难堪。她只佯装没领会，乖巧地敷衍过去。

玉鬘娇媚可爱。兵部卿亲王等真诚地向她求婚，写信向她诉说："希望容我稍接近你，向你倾吐衷肠，聊以自慰。"源氏读了此信后说："这有什么关系呢，这样有身份的人诚心向你求爱，是件好事嘛。不该太冷淡人家。"可是，玉鬘对此很是讨厌，推说今天心情不好，不愿写回信。源氏便召唤侍女宰相君前来，令她代玉鬘执笔写回信，内容由他亲自口授。他之所以如此安排，大概是想看看兵部卿亲王与玉鬘谈情的情况。玉鬘本人自从遇到了那件不愉快的事，收到兵部亲王等人那些倾吐衷曲的情书，有时虽也看上几眼，但毫不动心，她只是想借此摆脱心中那种不快的纠缠才这么做的。

源氏实在无聊，自作主张，只想等待兵部卿亲王来访，以便从旁窥视。兵部卿亲王不了解实情，他收到了玉鬘令人满意的回信后，喜出望外，随即甚为秘密地前来访问。兵部卿亲王说了一大通话，玉鬘一言不答，心中忐忑不安。这时，源氏走近她，将帷屏上的垂帘撩了起来，与此同时突然发出亮光。玉鬘以为是有人点燃的脂烛光，吓了一跳。原来这天傍晚，源氏将许多萤火虫包在一片薄薄的幔帐里，藏在身边，不使萤火光透露出来。这时他装作整理帏屏的样子，突然将萤火虫全都放了出来，四周顿时发出了亮光。玉鬘讨厌极了，赶紧将扇子挡住脸。从侧面望去，她的侧脸非常的美。源氏玩弄这套把戏，意在突然让萤火虫放亮，

萤火纵灭情仍烧

源氏之弟兵部卿，晚上秘密来到玉鬘居室，向玉鬘求婚。源氏恶作剧，突然放出一群萤火虫，好让兵部卿看清楚玉鬘容颜。玉鬘的倩影深深渗入兵部卿的心，赠歌曰："萤火纵灭情仍烧，心中倩影安能消。"图为兵部卿来访时，玉鬘和女侍正在观赏"绘卷物"。

好让兵部卿亲王清楚地窥见玉鬘的容姿。他估计兵部卿亲王之所以如此热诚向她求爱，原因之一因为她是源氏之女，并未料到玉鬘的气质容貌如此完美，现在让他看到，好叫这个好色之人神魂颠倒。假如玉鬘真是源氏的亲生女儿，料想源氏绝不会如此恶作剧。源氏的这番用意，实在太令人讨厌。源氏放出萤火虫后，就从另一扇门溜走，回到了自己的住处。

果然如源氏所料，玉鬘的倩影深深地渗入兵部卿的内心底里，亲王就给她赠歌曰：

> 萤火纵灭情仍烧，
> 心中倩影安能消。

玉鬘草草和了一首答歌，叫侍女宰相君传话，自己就走进内室去了。

第二十五回

常 夏

在一个酷热的日子里，源氏来到六条院东侧的钓殿乘凉，夕雾中将在旁侍候。内大臣家诸公子前来造访夕雾。源氏说："寂寞无聊，只觉犯困，你们来得正好。"就请他们饮酒、喝冰水，吃凉水泡饭。他们在餐桌上边吃边谈，十分热闹。到了夕照时分，蝉鸣聒噪，听来更觉酷热难耐。源氏说："像今天这样的大热天，即使泡在水中也无济于事，恕我失礼了。"说着，就躺了下来。大家恭恭敬敬地，背靠凉爽的栏杆上，沉默不语。

且说，夕雾详情尽知：内大臣最近找到的女儿近江君品貌不佳。源氏闻知内大臣找到了一个女儿之后，心想："如果让他看到玉鬘，见到玉鬘的长相这么美丽，一定会很珍爱的。若知我藏着玉鬘，肯定会非常恨我。"

黄昏时分，室内昏暗，源氏叫玉鬘"稍靠外坐下来"，并悄悄对她说："弁少将和藤侍从跟着我来了。这些人都恋慕你呢。我家虽然已有许多女子，但都不是他们所要恋慕的。自从你来了，我在寂寞无聊之时，常想看看恋慕者用心的深浅程度，如今果然满足我的愿望了。"他压低嗓门，轻声地说。

源氏经常来探访玉鬘，若次数过于频繁，又恐怕引起外人的微词。可是，一来到玉鬘这里，看到她的姿色，心中又依依不舍，想要亲近她。

没有一夜好安眠

夏日酷热，源氏与夕雾等在六条院东侧的钓殿乘凉。黄昏时分，室内昏暗，源氏叫玉鬘来，和琴吟唱《催马乐》，唱到"郎君失却父母欢"，大概玉鬘会想到下句"没有一夜好安眠。"图为源氏等在六条院东侧的钓殿乘凉的场面。

却说内大臣最近找到了那个女儿近江君，宅邸里的人对此事都不赞许，大家瞧不起她。近江君住在内大臣宅邸的北厅。内大臣虽然把她招徕了，心中却在想：“我这是怎么搞的？把这个人接来，真是多此一举啊！”近江君的长相显得单薄，不过倩影娇小玲珑，头发润泽亮丽，也蛮可爱的。只是她的额角长得太低，说话声音显得浮躁，这似乎抵消了她所有的其他优点。她的相貌像她的父亲，虽然说不准哪里最像，但一眼望去，便知他们是父女。内大臣对照镜子，觉得她和自己确实很相像，不禁怨恨前世的宿缘。

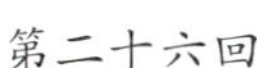
第二十六回

篝　火

最近世人把内大臣家新接来的小姐近江君当作话题，一听到什么动静，就纷纷传了开来。源氏听到这种消息，说道："不管怎么说，总之，把一个深藏在不引人注目的地方的女子接回家，当作千金小姐看待，即使她稍有不足之处，也无须逢人便说，以至引发谣传四起，内大臣的这种作风，实在令人费解。"他很同情近江君。玉鬘听了这话，心想："我真幸运，好在没有去投靠父亲。虽说是亲生父亲，但一向不知道他的性格如何，突然去亲近他，说不定还会发生受辱的事呐。"她暗自庆幸。

初秋来了，凉风习习，源氏想起了古歌"吹起我夫衣下摆……"之句，颇有冷落凄凉之感，难以忍受，遂频频探访玉鬘，在这里度过一整天，还教她弹琴。初五初六天的月亮，早早地西沉，天空渐次昏暗下来，那番景色和那风吹荻叶的声音，令人自然地感受到时令的推移，渐渐地旋荡着秋的情趣。源氏与玉鬘两人枕琴而卧。他心中不时感叹地自问："如此纯洁的并枕而卧，世间还有其例吗？"夜已更深，惟恐惹人怀疑，他便坐起身来，准备回去。庭前的几处篝火已渐熄灭，源氏召唤随从右近大夫，把火点燃。湖边吹拂着阵阵凉风，卫矛树亭亭如盖，其姿态颇具风情。那树下点燃着星星点点的松明，距离窗前稍远，热气进不到室内。那火光似乎带着凉气，映照着玉鬘的身影，那副容姿格外动人。源氏摩挲着她的秀发，只觉得又冰凉又润滑，无比高雅。她那似乎并无戒心、温柔的姿态，甚是可爱，惹得源氏不舍离去，遂咏歌赠玉鬘：

> "恋情燃烧似篝火，
> 纯青炎焰何时了。

恋情燃烧似篝火

初秋，源氏频频探访玉鬘，还教她弹琴。他们两人枕琴而卧，源氏心中自问："如此纯真的并卧，世间还有其例吗？"夜已更深，室内带几分凉气，源氏让人点燃篝火，并吟歌"恋情燃烧似篝火"相赠玉鬘。图为源氏与玉鬘枕琴并卧的风情。

我要待到何时？虽说不是‘熏蚊火’，可是潜藏心底的情火，不断燃烧，毕竟痛苦难熬啊！”玉鬘看了，觉得彼此的这种关系太奇怪，遂答歌曰：

“君心如若似篝火，
但愿烟云空中消。

以免外人多非议。”这时，忽闻东院花散里那边传来笛、筝合奏声，美妙动人。这是夕雾中将和几个与他形影不离的游伴正在奏乐。源氏说：“吹笛人想必是柏木头中将，吹得真是出神入化啊！”他又不想回去，就派人前去转告夕雾：“这里篝火的亮光，显得很凉爽，把我留住了。”夕雾立即同柏木头中将，以及弁少将三人一起来了。源氏对他们说：“我听了笛子吹出的秋风乐，不胜悲秋啊！”说着，他把琴拿了过来，抚琴略弹一节，琴声亲切可爱。夕雾中将吹笛子，吹的是雅乐盘涉调，音色相当幽雅。柏木头中将心中想着玉鬘，歌声难以唱出来。源氏催他“快唱！”柏木的弟弟打起拍子，低声吟唱，那声音活像金琵琶虫鸣。源氏和着琴声唱了两遍，然后把琴让给柏木。柏木弹琴，音色亮丽优美，饶有情趣。他运用琴爪的技法，不亚于他的父亲内大臣。

源氏对他们三人说：“帘内想必有知音人。今宵不宜贪杯。我是过了盛年之人，醉后容易感伤，生怕会将深藏内心底里的话说出来。”玉鬘听了此话，深受感动。大概是由于她与柏木头中将和弁少将有切不断的血缘关系，非同一般的缘故吧。她在帘内窥视这两人的举动，窃听他们的声音。但对方做梦也不会想到，他们与她是兄妹关系。尤其是柏木中将，他正在倾心恋慕她，今日遇此良机，心中情思如焚，难以摁捺。在人前佯装镇静，是无法畅快地尽情抚琴的。

第二十七回

台　风

秋好皇后的六条院庭前，今年栽种的秋花，比往年更赏心悦目。从前那些赞扬紫姬园中有名的春花的人，现在又回过头来颂扬秋好皇后的秋院，世态炎凉啊。秋好皇后回到了娘家。八月是她已故父亲前皇太子的忌月，不宜作乐。她深恐花期过时，便早晚成天玩赏这些争艳斗丽的秋花。不料天色骤变，刮起台风，把满园美丽的花朵，刮得七零八落，面目全非。她看见草丛里的露珠像碎玉般零落，顿觉满目凄怆，十分伤心。台风越刮越猛，天色阴森可怕。格子窗都已关闭，秋好皇后独居一室，心中惦挂着庭中的秋花，暗自忧伤叹息。

台风肆虐，紫姬的庭院内刚种植的花木，处处横遭折断，叶上的露珠也全被刮落了。紫姬坐在窗内凝望。源氏正在小女公子的西厅里。这时，夕雾中将前来问候。由于台风肆虐，都将室内的屏风折叠起来，放在一边。从外面可以望及室内，只见厢房里坐着一位女子，不是别人，正是紫姬。紫姬气度高雅，端庄秀丽。夕雾中将感到有一股优美的香气飘逸过来。此种情景，令人联想到春晓时分彩霞映衬下的美丽山樱在怒放，四周洋溢着娇美的香气。这股香气，仿佛也扑到正在无聊地窥视着的夕雾脸上来。紫姬心疼群花凋零，舍不得离开它们回到深闺去。夕雾心想："父亲不让我与这位继母接近，原来是因为她美若天仙，见者无不动心之故啊！"夕雾为人规矩，他对紫姬决不会存非礼之心。

源氏挂念秋好皇后，走进秋好皇后的帘内，不久又辞别，立即到了北院去探望明石姬。明石姬喜爱龙胆花和牵牛花。这些花，都已被风刮得七零八落。明石姬满心忧愁，独坐在窗前弹筝。源氏入内，就在窗前坐下，只询问了一些风灾的情况，就匆匆辞别。西厅里的玉鬘害怕台风的呼啸，难以成眠。源氏悄悄地走进了玉鬘房中，来到她的身边，以慰问风灾为引线，照例东拉西扯地说了许多玩笑

话。源氏告别玉鬘，再到了东院探望花散里。

且说，夕雾陪伴父亲四处访问了许多难以对付的女人，心中不免感到郁闷。于是，他来到明石小女公子那里，乳母对他说："小姐还在紫姬夫人房里睡觉呢。她昨夜被台风吓坏了，没有睡好，今早还没起来。"夕雾便说："这里有没有不怎么讲究的纸张？借用砚台和一卷信纸。"说罢，他给小女公子写信。信纸是紫色，色彩上深下浅。夕雾精心研墨，又仔细察看笔尖，然后郑重其事地落笔，一挥而就。不过，他所作的歌却欠缺风趣：

乱云飞渡狂风刮，
念念不忘君何如。

第二十八回

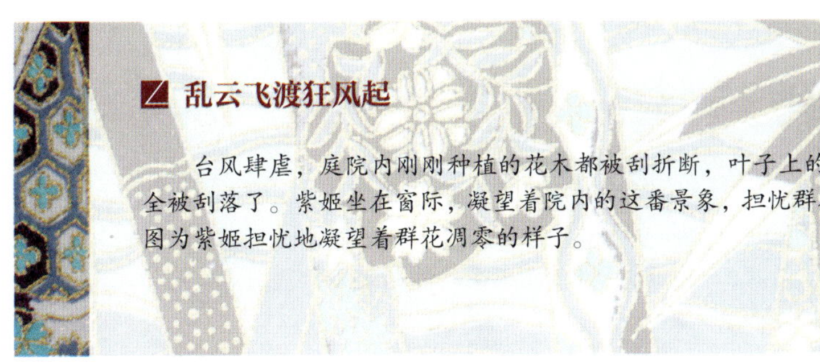

乱云飞渡狂风起

台风肆虐，庭院内刚刚种植的花木都被刮折断，叶子上的露珠也全被刮落了。紫姬坐在窗际，凝望着院内的这番景象，担忧群花凋零。图为紫姬担忧地凝望着群花凋零的样子。

驾 临

在这种情况下，源氏太政大臣处处为玉鬘着想，无微不至，千方百计地设法使她前途幸福。但是，他心中的那个“无声瀑布”［据源氏物语注释书《河海抄》所引古歌曰：隐秘但为障人目，无声瀑布暗自流］，使他总觉得玉鬘甚是可怜。正如紫姬的估计，此事果然会给源氏招徕轻浮的名声。是年十二月，听说冷泉天皇将驾临大原野，举世欢腾，张罗着前往迎驾，观观风光。六条院的众女眷，也备车前往参观。一路上，细雪霏霏，天空的景色更显艳丽。

玉鬘今天也出来观光。她看到了众多达官贵人的尊容，他们无不精心装扮，竞相媲美。她窥见冷泉天皇的侧面，只见他身穿红袍，堂堂的威仪真是无与伦比。她对在场风度翩翩的其他众多男子，都视若无睹，乃是因冷泉天皇的美貌举世无双的缘故吧。源氏太政大臣的长相，简直与他一模一样，也许是心理作用，总觉得冷泉天皇威严，太出类拔萃。如此看来，像源氏这样酷似龙颜的人，在世间也是罕见的。

冷泉天皇早有示意，今日下诏源氏太政大臣也来陪驾，但源氏上奏，今因正值斋戒，恕免奉旨。冷泉天皇便派遣藏人左卫门尉，将一对串在树枝上的雌雄野

龙颜模糊看不清（一）

冷泉天皇驾临大原野，举世欢腾。玉鬘也出来观光。源氏并未前去陪驾，翌日源氏给玉鬘去信，以询问昨日是否拜见了皇上为名，探听玉鬘是否已同意进京。玉鬘看透源氏的心意，答歌云：“龙颜模糊看不清。”图为身披红袍的天皇驾临大原野的光景。（贝绘）

鸡猎物，赐与源氏太政大臣。

翌日，源氏太政大臣给玉鬘去信，有一处询问道："昨日你拜谒皇上了吗？进宫之事，是否已经同意了呢？"书信是写在白色方形厚纸笺上，行文措辞相当亲切，绝非琐碎的情书式的东西。玉鬘读着，觉得很有意思，边笑边说："说得好滑稽呀！"可是，心里却想："他真会揣摩人家的心情啊！"便回信说："昨日，

朝雾弥漫朦胧中，
龙颜模糊看不请。

怎样也难以下决心。"紫姬也一起看了这封回信。源氏太政大臣对紫姬说道："我曾如此这般地劝她进宫，但是秋好皇后名义上也是我的女儿，玉鬘进宫争宠，似也不合适。如若向内大臣挑明说，她作为他的女儿进宫，那么弘徽殿女御也在宫里，势必有诸多不便，以前也曾顾虑过这个问题。一个年轻女子，如果提到亲近侍奉皇上都无所顾忌，那么窥见龙颜之后，不可能没有感触吧。"紫姬答道："瞧您说的，皇上再怎么美貌，她自己也不会表白要进宫侍奉皇上的，因为这种想法太过分了。"说着笑了起来。源氏说："不过，你虽然这么说，但事

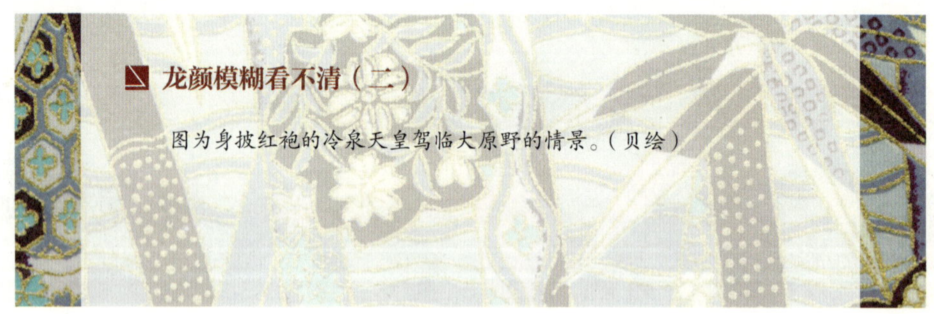

龙颜模糊看不清（二）

图为身披红袍的冷泉天皇驾临大原野的情景。（贝绘）

情若轮到你头上，说不定你会比谁都先激动哩！”源氏太政大臣再次给玉鬘回信说：

“日光明亮照天空，
龙颜岂能现朦胧。

还是下决心进宫吧。”他不断地规劝她，并想起无论如何首先必须给玉鬘举行着裳仪式［平安－镰仓时代，女子成人举行着裳仪式］了。

第二十九回

泽　兰

玉鬘被封为尚侍，她觉得无论是进宫还是住在六条院，都无法避免那令人讨厌的爱情纠葛。她万分苦恼，慨叹自身的不幸。

太君作古，玉鬘身穿浅墨色丧服，色彩与往常不同，与她那清秀的容姿十分相称，更显得艳丽，更引人注目。这时，夕雾中将来访，他也身穿丧服，相貌显得更加清秀。此前，夕雾一直以为玉鬘是异母姐姐，所以真心敬爱她。玉鬘对他也并不回避，习以为常。如果现在知道了不是姐弟关系而突然改变态度，似乎很不自然。因此，她依然在帘前添设了帷屏，隔帘相晤。夕雾知晓实情之后，更加难以抑制对她恋慕之情。他估计玉鬘进宫之后，皇上决不会将她看作一般女官，皇上和她倒像天生的一对。不过，另一方面想到这必会发生麻烦的事，就想趁此机会向玉鬘表明心意，拿了一枝很艳美的泽兰，从帘子边上塞进帘内，对玉鬘说了句“你亦有缘观此花”，便赠歌曰：

共赏朝露秋泽兰，
怜惜几声又何妨。

玉鬘听到末了一句，心中觉得很厌恶，但她佯装不懂的样子，悄悄地退到里面去，答歌曰：

“远道寻访野泽兰，
何须抱怨此缘薄。

我们如此相晤，情谊也够深厚的了，还有何所求呢。”夕雾带笑地说：“是浅是深，你心中自然明白。”又说：“柏木中将的心情你是知道的吧，我当时因为是他人之事而漠不关心。现在轮到自己头上，方知当时多么笨拙，现在才觉得柏木的心情也是可以理解的。如今他已经断念，清醒了过来，从此可以与你永远保持兄妹情谊，心情反而欣慰。我不胜羡慕又妒忌呢。至少也请你体谅我的一片苦心！”夕雾还说：“你的心肠好狠啊！”

且说，玉鬘于八月底脱丧服。源氏以为九月乃忌讳婚嫁之月份，决定延至十月进宫。天皇等得焦急异常。到了九月。兵部卿亲王、髭黑大将等人，偷偷地给玉鬘送来了许多情书。玉鬘自己不看，都由侍女读给她听。这些来信虽然都无关紧要，但各人都各自吐怨诉恨，花样繁多。总之，源氏太政大臣和内大臣对玉鬘都如此评判：为女子者之心情，皆应以玉鬘为楷模也。

第三十回

共赏朝露秋泽兰

玉鬘被封为尚侍，进宫后苦恼于无法逃避爱情的纠缠。夕雾想趁此机会向玉鬘明心意，于是他拿了一枝艳美的泽兰，附上“共赏朝露秋泽兰”歌句，塞进帘内给玉鬘。图为夕雾将一枝泽兰塞进帘内给玉鬘。

真木柱

最后是髭黑大将娶了玉鬘。新婚第三日之夜，举办祝贺仪式，源氏太政大臣与新婚夫妇唱和诗歌，过得好欢快。内大臣闻此消息，方觉源氏抚养玉鬘，确是一片好意，内心不胜感激。而在许多对玉鬘的失恋者中，最为伤心的是兵部卿亲王。源氏太政大臣此前曾纠缠玉鬘，以至引起世人怀疑他们的关系，如今客观上证明了他心地的清白。他对紫姬说："你以前不是也曾怀疑过我吗？"但是，实际上源氏也知道自己的习癖未改，到了不堪苦恋之时，亦难免会随心所欲，因为至今他对玉鬘的情思依然未断。有一天，白日里他趁髭黑大将不在家时，来到玉鬘房中。他向帷屏里窥视，只见玉鬘容颜消瘦，却非常可爱，比以前更添娇媚，更令人百看不厌。他想："如此佳人，却让给他人，我也太荒唐了！"他不胜惋惜。看来源氏不会立刻允许玉鬘迁往髭黑大将邸内。而髭黑大将恨不得早点来到玉鬘那里。他的正夫人患心病，决定搬回娘家。子女三人年幼无知，正在玩耍，夫人把他们叫来，对他们说道："我深知自己命苦，对这世间无可留恋，惟有听天由命了。你等来日方长，今后孤苦四散，终将令我不胜悲伤。女儿且随我走，前途如何也顾不上了。你们两个男孩纵令暂时也跟我去，但是终归必须常来探望父亲，

罗汉松柱莫忘我

髭黑大将娶了玉鬘为妾，许多对玉鬘的失恋者伤透了心，源氏却以此证明自己的清白。髭黑大将的正室携女儿真木柱等搬回娘家，真木柱想到今后没有父亲了，悲从中来，临别前作歌一首："临别依依心思多，罗汉松柱莫忘我。"图为真木柱将临别歌塞进她平常依靠的罗汉松柱缝隙里的瞬间的表情。

接受他的关怀。只要外祖父在世，你们将来总会获得一官半职的。”髭黑大将最钟爱的女儿心想：“今后没有父亲了，我怎么过日子啊！”这女公子平日经常靠在东面的一根罗汉松柱［日语汉字写作真木柱］上坐着，想到今后将是别人来依靠它，不由地悲从中来，便折叠了一张浅黑色的纸，在上面疾书一首歌，用簪尖把这首歌塞进了这柱子的缝隙里，歌曰：

临别依依心思多，

罗汉松柱莫忘我。

歌未写完，女公子就哭了起来。她母亲对她说："该走了。"正夫人的随身侍女听了，都十分悲伤。她平时对庭前的草木并不怎么在意，如今也觉得恋恋不舍。凝望着它们不由地也抽泣起来了。

正月十四日照例举行男踏歌会，玉鬘就在这天进宫。兵部卿亲王是日虽然在御前侍候奏乐，心思却恍惚，总萦绕在尚侍玉鬘周围。后来实在按捺不住，终于写封信送去。玉鬘正发愁无法作复，天皇突然驾临。在皎洁明亮的月光映照下，龙颜异常清秀，酷似源氏太政大臣。玉鬘暗自纳闷："如此美男子，世间竟有二人。"

髭黑大将闻知冷泉天皇访玉鬘，非常担心，屡屡催促玉鬘退出宫中，玉鬘自己也害怕会发生为人妻所不应有的事来，在宫中不能安居，于是造出种种必须退出的理由，再由父亲内大臣等人巧妙劝请，冷泉天皇方敕准她的请求。

是年十一月，玉鬘生下一个非常可爱的男婴。髭黑大将极其称心如意，欣喜万分，于是竭尽心力呵护这母子俩。玉鬘住在家里，亦可如法办理尚侍的公务，进宫之事也就作罢了。

第三十一回

梅　枝

源氏太政大臣精心筹办明石小女公子即将举行的着裳仪式，其用心之周到，非同寻常。朱雀院的皇太子亦将于同年二月举行冠礼。冠礼完成之后，明石小女公子即将进宫。今天正好是正月底，公私均无要事，甚是闲暇，源氏便令人配制熏衣用的香剂。六条院内外，都忙于筹办这一仪式。

二月初十，细雨霏霏，庭院里红梅盛开，其色泽和芬芳，荡漾出美不胜收的情趣。是时，萤兵部卿亲王来了。他是为了明石小女公子着裳仪式在即而前来致意的。这位亲王向来与源氏的交情深厚，彼此毫无隔阂，海阔天空地无所不谈。他们正在欣赏红梅，前斋院槿姬派使者送来书信，书信系在一枝已凋零的梅枝上。往日槿姬与源氏的交情，萤兵部卿亲王早有所闻，他见了此信颇感兴趣，问道："哟，她主动送信来，报何消息呢？"源氏微笑地答道："我直接托她调制香剂，她郑重其事地赶制成了。"说罢，将信函收藏好。随信还送来一只沉香木制的盒子，里面附有歌一首，曰：

梅枝凝情思故人

源氏与柏木叙谈时，与源氏曾有一段情的槿姬，派使者给源氏送来一枝系上信的凋零梅枝。源氏复信也系在梅枝上，并附歌句"梅枝凝情思故人"。图为与槿姬的使者会面的源氏，在一旁的是柏木。

梅花残香虽已散，
佳人袖里渗芬芳。

着墨不多，却有余情余韵。源氏的复信，用的也是红梅色染成的上深下渐浅的信纸，并在庭院里折取一红梅枝，将信系在上面。信中附歌曰：

花枝凝情思故人，
防人责难藏来函。

源氏想趁此良机将各位夫人所调制的香剂收集起来，他对萤兵部卿亲王说："花香优劣的评判，非你莫属。"萤兵部卿亲王并不推辞，将各种极佳的制品一一尝试，勉强评定出其优劣来。

不久，月亮出来了。源氏太政大臣与萤兵部卿亲王举杯畅饮，共叙往事。月色朦胧，氛围幽雅，雨后放晴，微风吹拂。梅花飘香令人感到亲切，殿宇各处飘逸着一股无以名状的熏香，令人春心荡漾，直感妖艳。源氏把头中将柏木与弁少将红梅两人留下来，让人把各种弦乐器拿来，将琵琶交给萤兵部卿亲王，将和琴赐予柏木，由自己弹筝。弦乐合奏，音色清丽，异常动听。宰相中将夕雾吹奏横笛，曲调与春季时令吻合，清音响彻云霄。弁少将红梅和着拍子，唱催马乐《梅枝》，歌声美妙无比。

源氏太政大臣心中纳闷，夕雾为何至今尚未定亲？源氏以自己的经历，开导儿子夕雾。夕雾顺从父亲的训话，偶尔纵令逢场作戏，恋慕过云居雁以外的女子，心中也觉得云居雁太可怜了，并认为这是自造罪孽，对不起云居雁。每当夕雾相思痛苦难耐之时，就给云居雁写情深意切的情书。尽管云居雁有“谁人可信任”之叹，却不像深通世故者，怀疑对方对自己的真诚，她并不怀疑夕雾的真心，读他的来函，大多深受感动，不胜悲伤。

第三十二回

藤花末叶

六条院内举家上下正忙于为明石小女公子进宫做准备，夕雾宰相中将深感痛苦，心情极其烦乱。云居雁也不胜悲伤。尽管这两人莫名其妙地互相背离，但他们毕竟是一对难以割舍的恋人。至于内大臣，此前态度强硬，自觉于己无益后，态度也逐渐软化，内心烦恼不已。他心想：“还不如设法调适，主动让步。”不过，如若突兀地向夕雾说亲，也怪难为情。若郑重其事地迎接女婿，又恐外人耻笑。因此，他想待有适当时机，再向夕雾示意。

三月二十日是已故太君两周年忌辰，内大臣赴极乐寺墓地祭奠。诸公子全都随行，夕雾宰相中将也参列其中，内大臣对他比往日倍加注目。四月初，举行管弦乐会，内大臣便令头中将柏木送信给宰相中将夕雾，还传言道：“日前花下晤谈，未能尽意，今日若有余暇，祈盼光临。”

夕雾前往拜见父亲源氏太政大臣，禀告此事。源氏允许夕雾应邀前往，并对他说道：“你是参议，衣冠须更讲究些。”随即将自己的一件华丽的常礼服，配以十分讲究的衬衣，令随从送到夕雾那里。

夕雾在自己的房里细心打扮，黄昏过后才来到内大臣宅邸，这里的人们都等得焦急了。主方的诸公子，以头中将柏木为首七八个人，一起出来相迎，陪同夕雾走进邸内。座上诸公子相貌都很英俊，夕雾眉清目秀，尤为出类拔萃，格外俊美。内大臣对夫人身边的年轻侍女们说道：“你们都来窥视吧！夕雾公子相貌超群，举止落落大方，甚至胜过他父亲呐！”说罢，整了整衣冠，就出去与夕雾见面。彬彬有礼地寒暄几句之后，话题就立即转移到赏花之趣上。头中将柏木早已承父亲授意，这时在庭院里折来一枝色浓穗长的藤花，附在敬夕雾的酒杯上。夕雾接过酒杯，露出了有点苦于处置的神色。内大臣遂咏歌曰：

藤花绽开老松上

内大臣将女儿许配给夕雾，邀夕雾到宅邸赏花，席上内大臣授意其子柏木，折来了一枝藤花，附在酒杯上给夕雾。夕雾苦于处置，内大臣便咏歌：“藤花绽开老松上，心爱紫色当原谅。”图为夕雾等一行人正赴内大臣宅邸赏花。

藤花开在老松上，

心爱紫色当原谅。

夕雾手拿酒杯，满怀情意地躬身施礼，其姿态格外有情趣。在这不失风流雅趣、开怀畅饮的无所不谈的宴席上，往日的旧恨，尽皆荡然无存了。到了夜色更深时分，夕雾佯装酩酊大醉十分痛苦的样子，对柏木说："能否在尊斋借住一宿？"内大臣随即对柏木说："你给客人安排寝室吧。"柏木虽怀有妒忌之心，不过他一向认为夕雾人品高尚，再说他终归会成为自己的妹夫，也放心地领他到了云居雁的居室。云居雁不胜羞涩。

夕雾与云居雁相恋多年，终成眷属，夫妻自然格外恩爱。岳父内大臣靠近过来，仔细地端详夕雾，觉得此女婿果然可爱，是个出类拔萃的人，便越发看重他了。

第三十三回

嫩　菜

前天皇朱雀院自从驾临六条院之后，疾病缠身，心情一直欠佳。他想舍弃红尘，进山修道。他最放心不下的，只是三公主之事。当他闻知源氏即将亲自前来探病，不胜欣喜。他牵挂着三公主的终身大事，可以指望托付给一个可靠之人，自己便可以安心出家了。

三公主容貌标致，天真烂漫。在她的侍女中，有一个地位甚高的乳母，她向朱雀院禀告说："六条院主人多年来常想迎娶一位正夫人，将三公主下嫁给他，这样即可如愿以偿了。"朱雀院认为六条院主人见识卓越，老成持重，确实是个最可信赖之人。

皇太子听到三公主择婿的消息，说道："三公主若欲下嫁，最好嫁给六条院主人。"朱雀院听了十分欣喜，将近来所想之事，详细告诉源氏，源氏表示了接受之意。源氏回到六条院，紫姬早已闻朱雀院欲将三公主嫁给源氏之事，源氏与紫姬共叙家常，乘机说道："朱雀院病势加重，他异常惦挂三公主的终身大事，向我提出了这般的嘱托。我很同情他，觉得不便拒绝，只好接受。但我爱你之心决不改变，希望你不要介意。"紫姬一反往常，满不在乎地从容答道："这个出于一片苦心的嘱托，实在令人感动，我怎会介意呢。"

且说，源氏今年正好是不惑之年，髭黑左大将的夫人玉鬘先来祝寿，奉献嫩菜。她才气横溢、深解风趣，故万事别出心裁，令人看了顿觉视野一新。尚侍玉鬘于黎明时分告辞，源氏赐赠礼物。

到了二月初十，朱雀院的三公主下嫁到六条院来。源氏看到三公主年纪还小，发育尚未健全，觉得这样也好，免得紫姬妒忌。婚后三天，源氏每夜陪伴三公主歇宿。紫姬多年来未曾尝过独睡的滋味，如今虽然极力控制，还是不免有孤寂之

丽姿衣香恋至今

朱雀院病重时，将三公主下嫁给源氏。柏木也恋慕三公主，来拜访源氏，用眼梢朝帘内偷看三公主的丽姿。这时从帘内跑来一只猫，他陶醉在这猫身上染着三公主的衣香中。从此，他患上心病，赠歌于三公主曰："丽姿衣香恋至今。"图为猫儿从帘内跑出来与柏木等人面面相觑的情景。

感。源氏在内心底里，将她和三公主做比较，觉得无论何等高贵之人，也比不上这位紫夫人。

三月里，某日天气晴朗，兵部卿亲王柏木卫门督来六条院拜访。许多人在东北院玩踢球游戏。柏木卫门督也参与竞赛，竟无人能踢得过他。夕雾坐在台阶中央休息，柏木卫门督也跟着来了。柏木用眼梢窥视了三公主。只见室内的帷屏被人不经心地拉到了一边，室内展露无遗，仿佛能望及进深处。这时，有只可爱的中国种小猫，被一只较大的猫追逐，突然从帘子底下逃了出来。侍女们慌里慌张，吵吵嚷嚷地跑来跑去。柏木望见帷屏近旁稍进深处，站着一个贵妇人打扮的女子，她那侧面的披肩秀发的姿影，无比的美。他寻思："那人想必是三公主。"于是，这面影长留在他的心上。其时，他装作若无其事，但夕雾知道他已经窥见三公主的丽姿，不免为三公主惋惜。柏木无奈，引逗那只小猫走过来，将它抱在怀里，聊以自慰。他觉得这猫身上浸染着三公主浓烈的衣香。听见猫那娇嫩的叫声，联想着恍如三公主，觉得亲切可爱。他真是个多情的人，从此染上了心病，赠歌三公主曰："夕阳花色恋至今。"

第三十四回上

续嫩菜

柏木感到自己每当与源氏相遇，心里总有点害怕，不敢正视，心想："我怎能有非分之念，即使一般小事，只要会招人背后非议，我也是不会做的，更何况这种荒唐事。"他忧思交集，十分沮丧。转念又想："哪怕得到先前的那只小猫呢。纵令不能与它倾吐衷肠，它也能在身边安慰我孤身寂寥之苦。"于是，他疯狂般地设法偷猫。桐壶女御［即明石女御］向三公主转达了想要那只猫的意思，三公主立即将那只小猫送了过去。柏木终于讨得这只猫，带回了家里。晚上让猫睡在自己身边，天一亮就起来照料猫儿，不辞辛劳地细心抚养。它那可爱的"咪咪"叫声，柏木听起来就像在催他睡眠。他爱抚它，脸上露出了微笑，旋即吟歌，曰：

爱抚苦恋纪念物，
猫叫莫非识我心。

柏木望着猫的脸说："难道这猫与我有宿缘？"

却说，出家为僧的朱雀院，专心修行佛道，对朝政漠不关心。只是对于三公主，他至今依然放心不下，让源氏做她的正式监护人，让当今天皇暗中照拂这皇妹。于是朝廷晋封三公主为二品，三公主的威势更加显赫了。源氏此后在三公主那里住宿的日子增多，三公主就与紫夫人几乎是平分秋色。三公主自幼学弹七弦琴，但她很小就离家到六条院来，朱雀院不知她现在学得如何，十分惦挂。源氏知悉，从此更精心地教练她。三公主先是觉得很难，后来逐渐领会，终于弹得比较熟练了。紫夫人不时地说："到了春天，挑个悠闲的傍晚，我想要欣赏三公主的弹琴。"源氏对三公主说："紫夫人常想听你弹琴。我定个日子，让你和这里弹

猫叫莫非识我心

源氏一心照顾三公主，精心教练她弹琴，并为她举办了女眷合奏会。柏木娶了二公主，但每每听见猫叫，仍未能忘怀三公主，一边爱抚小猫，一边吟歌“猫叫莫非识我心”。图为源氏与三公主参加女眷合奏会试乐的场面。

筝弹琵琶的女眷合奏，举办一个女乐大会。”三公主心中很高兴。女乐大会悄悄地举行，邀请明石女御、紫夫人、明石夫人等都到三公主的正殿里来。明石夫人弹琵琶，紫夫人弹和琴，明石女御弹筝。三公主不擅长此种大型的琴，源氏理解她的心情，便把她平日用惯了的七弦琴做了些调整，交给她弹。各种琴弦都调整好之后，合奏开始，各类琴都各有千秋。夜渐宁静，这音乐晚会，美不胜收。

现在柏木卫门督已兼任中纳言，深受信任，成了红人。虽然他官位晋升，但对三公主的恋爱终归失败，心中暗自悲伤。结果娶了三公主的姐姐二公主，即落叶公主。然而他心中总是念念不忘那个春天傍晚的美好记忆，随着日月的推移，越发无法忘却三公主的姿影。

四月初十过后，三公主正在入梦之中，猛地觉得似乎有个男人就在自己近旁，起初还以为是源氏回来了。这男子忽然彬彬有礼地走了过来，把三公主从寝台上抱了下来。三公主才明白过来，原来此人就是柏木中纳言。她异常震惊和恐惧，一句话也说不出来。柏木丧失了自我控制的能力，已身不由自主了。天色渐渐明亮，但柏木依然恋恋不舍离去。而三公主看见源氏全然不了解实情，心中越发难受，觉得很对不起他，只有偷偷地落泪。柏木自从贸然见了三公主后，内心深感痛苦，心情一天比一天更恶劣。三公主自从那天遭遇了那件可叹的怪事之后，近来忽然觉得身体有些异样变化，十分苦恼。不思饮食，脸色也发青了。乳母等看出三公主的病由，都埋怨源氏对三公主冷淡。源氏得知三公主患病，这才回到了六条院。三公主心有内疚，见了源氏满面羞愧，恭谨腼腆，问她话也难得回答。侍女就把三公主怀孕的痛苦情况禀告源氏。源氏心想：“和我长相厮守的人都不曾有喜，三公主是不是真的怀孕了呢？”他并没有追问下去，只觉得三公主病痛的情状十分可怜，对她甚表同情。柏木闻知源氏回六条院，竟不知自量，反而醋性大作，写了一封满纸泄怨的信，派人送给三公主。三公主来不及将信件隐藏，就塞在座垫底下。次日，源氏早起，见座垫边上有折皱，下面露出了浅绿色晕染的薄信笺一角，便随手抽出来，看见是男子的笔迹。纸上浓郁的香气，扑鼻而来。书体秀丽，情意缠绵，写满两张信笺。源氏细看，无疑是柏木的手迹，心中非常不快，但表面上佯装若无其事的样子。他对三公主怀孕之苦毕竟很是同情。虽然对她绝望、无奈、爱胜于恨，悲伤之余，最终还是到六条院来探望她。只是见面之后，心中更觉难受，还是为她举办各种法事，祈求安产。

第三十四回下

柏　木

柏木为三公主之事而病倒，他对人世间已心灰意冷，一心只想遁入空门。他曾想过："世间万罪，于弥留之际终会一笔勾销的。我除此［译注：意指与三公主偷情事］之外，别无他错。多年来，源氏内大臣每有节庆，必召我去随身侍候，多方关爱我，想来他对此事一定会宽恕我的吧。"

在病情略有起色之后，柏木就给三公主写信。信中写道："我已病入膏肓，自知大限将至，想你也早耳有所闻。尽管我不怪你没有关心我的病情，但我着实痛苦不堪啊！"写到这里，他的手抖不已，想说的话也无法继续写下去，遂歌曰：

"遗骸火化成烟飘，
情丝缕缕常萦绕。

哪怕对我说句怜悯的话，让我静下心来，走在迷茫的漆黑路上，也能看到一丝亮光啊！"

小侍女将信交给三公主时，哭泣着对她说："请公主给个回音，这确实是最后一次了。"三公主答道："我命也危在旦夕！听说他病了，心里着实十分可怜，然而，内疚使我必须自戒，每念及此，都感到后怕。"她愧对源氏，无意给柏木回信，而小侍女早已备好笔砚，她只好勉强地写就。小侍女趁夜间无人注意，手持着信，悄悄地溜进了柏木宅邸。

柏木不时对小侍女说："源氏内大臣已经知道我的罪孽，我就忐忑不安，心绪紊乱，像是灵魂离开了躯体再不复返似的。"小侍女告诉柏木，三公主也终日内疚，羞愧得怕见世人。柏木听罢，顿觉精神恍惚，眼前仿佛呈现出三公主那瘦削纤弱的面影，心想：自己的灵魂可能早已出壳，往返于三公主处了。他越想，心就越烦乱，落入极端痛苦的深渊。他走近烛光下，阅览公主的复函后，觉得“这是我今生的宝贵纪念，我这一生真是虚幻无常啊！”于是，哭得更厉害了。

却说，一天傍晚，三公主疼痛不堪，善于察言观色的侍女们知道她快将分娩，都慌了手脚，乱作一团，旋即派人向源氏内大臣通报。源氏内大臣也很震惊，立即前去探视。他暗自思忖：“真遗憾！如果这确实是自己的孩子，那多么可珍惜、可喜庆啊！”但是，他在人前丝毫不露心事，随即召高僧来做安产祈祷。三公主疼痛了一夜，翌日日出时分就生下一男婴。源氏内大臣心中想道：“我这辈子造了许多可怕的罪孽，这大概是我招徕的报应吧。在今生就受到这种意想不到的惩罚，也许来世就可能减轻些报应？”不知详情的人，都以为这位小公子出于高贵公主之腹，又是源氏内大臣晚年得子，源氏内大臣一定是格外疼爱。然而，源氏内心却充满无奈和苦恼，完全无心去看一眼那令人不悦的婴儿。几个年长的侍女私下议论说：“唉！难得生出这么一个英俊非凡的可爱公子，源氏大人却……”。这些议论偶尔传入三公主的耳朵里，她满怀怨恨，独自嗟叹命苦，继而心想：“干脆下决心出家算了。”

一天，源氏内大臣对三公主说：“最近我感悟到人世无常，勤修佛法，不想扰乱沉静下来的心情，所以我没有常来，你近况如何？心情愉悦了吗？我十分惦挂着呐。”说着，他从帏帐边上窥视了一眼三公主。三公主仰头答道：“我总觉得活不多久了，常言道：‘因生产而死，罪孽深重。’不妨让我出家为尼，或许可用修来的功德保全性命。纵令死了，也许还可以因此而消除罪孽呢。”三公主脸色苍白，身体非常瘦弱，气息奄奄地躺在床上，那模样却异常的美。源氏内大臣看了，不禁想道：“看到这般模样，纵令她犯下天大的罪过，心肠也不得不软了下来，宽恕了她。”

情丝缕缕常萦绕（一）

源氏的妾三公主与柏木偷情，有了身孕。源氏闻之，悲伤之余，无奈爱胜于恨。三公主愧对源氏，终日内疚，最后削发为尼。重病的柏木，用颤抖的手写信并附歌一首，慨叹："遗骸火化成烟飘，情丝缕缕常萦绕。"图为源氏、三公主及已出家为僧的其父朱雀院的悲伤情景。

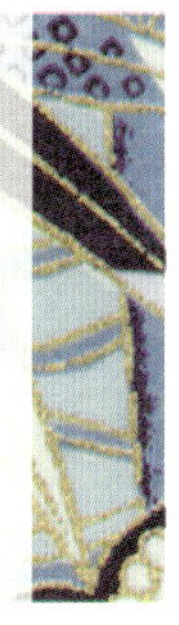

进山修行的朱雀院听说三公主平安分娩，更爱怜她，想与她会面。而身体日益衰弱的三公主对源氏说："我已经很久没见父亲了，莫非今生再也见不到他了吗？"说罢，失声痛哭起来。源氏立即派人前往朱雀院禀报三公主的病情。朱雀院听罢，悲伤万状，顾不上出家人的清规戒律，连夜悄悄地前去探望女儿。三公主发出微弱的哭泣声，对父皇说："女儿大概已无望活下去，承蒙父皇驾临，就请顺便为女儿剃度吧。"朱雀院答道："此时出家，将来反而多烦恼，招致世人非议，还望三思啊。"这时，朱雀院心中思忖着："当初我将女儿托付给源氏，本以为最靠得住，不想他接受之后，对她爱怜不深。还不如趁此机会，让她出家为尼，好让世人知道她不是由于夫妇不和才出家，这样就不至于被世人讥讽了。"于是，朱雀院召数名法师，为三公主落发了。

柏木卫门督一听说三公主出家了，悲戚得几乎昏厥过去，心力也近于衰竭了。夕雾大将一直深切地关心着柏木的病情，经常来探视。这次他听说柏木晋升，就第一个前来祝贺，心想：如果是一般健康人，遇上今日晋升之喜，心情不知会多愉快啊。可是，如今柏木病成这般模样，实在是太可惜了！他对柏木说："你的身体怎么衰弱到这种地步。今日逢此喜庆，我以为你多少会好些呢。"说着，掀起帏帐来探视他。柏木说："真遗憾啊！我已经不再是从前的我了。"柏木辞世前，曾给三公主遗歌曰："我成烟灰入云天。"

三月间，天空晴朗，小公子薰君已诞生五十天，长得又白又胖，相貌美极了。这个薰君常面带笑容，微笑的眼神，嘴角的表情，着实令源氏觉得他酷似柏木。三公主并没有察觉到这婴儿酷似柏木，别人也全然没注意到，惟有源氏察觉。于是他联想到人世无常，不由悲从中来，心里想道："侍女中定有知道此内情者，她们以为我还蒙在鼓里。"想到这些，就觉得不舒服，转念又想那也是咎由自取，只好忍耐了。

情丝缕缕常萦绕（二）

图为源氏、三公主及已出家为僧的其父朱雀院的悲伤情景。此图为“情丝缕缕常萦绕（一）”局部放大。

源氏走近三公主身边，对她说道："你看这孩子，觉得怎样？难道你舍得抛弃这可爱的孩子而出家吗？太残忍啦！"三公主突然听到这样的责问，顿时满脸飞起一片红潮。源氏低声吟歌，曰：

"谁人世间播松种，
无言作答心隐痛。

实在难受啊！"三公主缄默不答，就跪倒了下来。

却说，夕雾回忆起方寸已乱的柏木委婉地说出的那番话，内心底里便想道："这究竟是怎么一回事？当时，倘若他神志清醒些，也许就会把真情说出来，我也就可以清楚明了事情的原委。真不凑巧，他处在弥留之际，着实令人沮丧，不胜遗憾，无奈啊！"柏木辞世后，一到秋季，凄厉的虫声四起，夕雾就想象着那番景象，实是悲怆，催人泪下。

虽说无论古今，人世间都难免有生离死别之哀痛，但是，柏木之死，更令人伤心，不论身份高低者，无不为之感到惋惜。皇上更加感到痛惜，每当举行管弦乐会，首先总会想起柏木，而感慨万分。六条院的源氏怜惜柏木，与日俱增。惟有他心中把薰君看成是柏木的遗孤，这是别人所意想不到的，实在是徒劳啊！到了秋天，薰君已会爬行，那可爱模样简直无法形容。源氏不仅在人前，而且是真心实意地爱护他，经常抱着他逗乐。

第三十五回

横　笛

柏木逝世一周年忌辰，源氏为柏木做了特别隆重的佛事。夕雾大将独自回想柏木弥留之际的遗言，不知到底是怎么一回事，总想探个究竟。秋天一个令人感到寂寞的傍晚，夕雾惦记着一条院的落叶公主，不知她的近况如何？遂前去造访。落叶公主的庭院里栽种的各种花草盛开，虫鸣啁啾，恍如秋野的景象。夕雾眺望着晚霞飞渡的景色，心有所感，遂将那把和琴拉了过来，琴的音律已经调好，可见这把琴是经常弹奏的，琴上还留有弹奏者的衣香，令人觉着亲切，只简短地

弹了一曲饶有兴味的曲子，就停了下来，说道：“啊！回忆往日故人弹奏这把琴，那琴声总是那么亲切，那么美妙，那琴声一定已经渗入琴中了吧。”

秋夜已深。夕雾回忆往事，又添加了许多哀愁。老夫人给夕雾赠歌一首，夕雾答歌曰：

横笛音律虽依旧，
哀泣故人无尽愁。

吟罢，依依不舍离去。夜色更深了。夕雾回到三条院自宅。云居雁见夕雾深夜尚未回家，心里很不高兴，不理睬夕雾。夕雾拿起那管笛子来，吹了一会儿就躺了下来，他思忖着：“柏木为何只停留在表面上尊重落叶公主，而实际上对她没有真挚的爱情呢？”夕雾昏昏入眠，在梦中想道：“柏木的亡灵大概是舍不得这管笛子，所以寻声而来的吧。”他隐约听见柏木吟歌曰：

“横笛声声随风来，
愿教子孙传万代。

我想将横笛传给另外一个人。”夕雾刚要问：“你想传给谁？”这时，孩子忽然在梦中受惊，哭了起来，把夕雾惊醒了。云居雁拿着灯前来，她将头发捋到后耳根，麻利地把孩子抱了起来。云居雁近来体态肥胖，她撩开那丰满美丽的乳房，给孩子吸吮，这孩子长得很可爱，母亲的乳房虽然白皙漂亮，可就是吸不出奶汁来，只是给孩子叼着，哄哄孩子罢了。

夕雾大将想起那个梦，他思忖着：“这管笛子可不好办了。这是故人柏木生前的爱物，自己不该是它的继承人，老夫人却将它送给了我，真不是适得其用啊！不知柏木的亡灵会作何感想呢？”关于这管笛子，夕雾暂时不加以处理。他前往六条院参见父大臣了。

这时，源氏正在明石女御室内。源氏暗自琢磨：三公主所生的薰君比诸皇子要长一辈，不该和皇子们同列。自己虽有区别之心，却又顾忌三公主会否疑心他有所偏爱，反而弄巧成拙。源氏一向思考缜密，所以一直对薰君和皇子们同等爱护。夕雾还未曾清楚地看见过他的这个异母弟弟。这时，薰君从帘子的缝隙探出头来，夕雾在地上捡起一根枯萎的花枝来招呼他，他就从帘内走了出来。薰君的长相比皇子们更俊秀可爱。夕雾觉得薰君目光炯炯，比故人柏木锐利，眼神秀气，则酷似柏木。夕雾揣度父亲想必早已看出来了。

夕雾相机悄悄靠近父亲身边，对他说了柏木亡灵托梦之事。源氏听罢，没有立即回答，因为他心中想到了许多往事。后来他才说道：“这管笛子应该交给我保管才是。这笛子本是阳成院［平安时代的天皇］所用之物，后来传给已故式部卿亲王［紫姬之父］，他非常珍惜它，后来他听了童年时代的柏木卫门督吹出的笛声优美动听，异乎寻常，便深受感动。于是，在他举办的一次茹花宴会上，他便将这管笛子赠送给了柏木。老夫人对这段故事的原委未加深思，就把这管笛子赠送给你。”源氏心中在想：“如果说这管笛子要传给后人，那么除了薰君之外，还会有什么人更适合的呢？柏木的亡灵肯定也是这样想的吧。

第三十六回

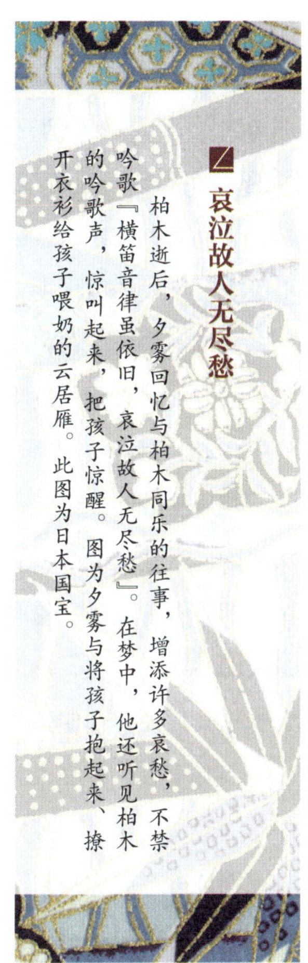

哀泣故人无尽愁

柏木逝后，夕雾回忆与柏木同乐的往事，增添许多哀愁，不禁吟歌『横笛音律虽依旧，哀泣故人无尽愁』。在梦中，他还听见柏木的吟歌声，惊叫起来，把孩子惊醒。图为夕雾与将孩子抱起来、撩开衣衫给孩子喂奶的云居雁。此图为日本国宝。

铃　虫

夏天，六条院池中莲花盛时，尼僧三公主居家供奉的佛堂建成，举行佛像开光庆典，此番事业均由源氏操办。三公主自用的佛经，由源氏亲手书写，于是他附上愿文表白心意：今生只能以此举系缘，但愿他年能携手同往极乐净土。

源氏出席这法会庆典，来到了三公主所在的西厢。三公主夹杂在人群中，越发显得娇小玲珑。她正在跪拜，源氏说："小公子薰君在这里会淘气，把他抱到那边去吧。"源氏看到三公主让出自己的起居室做供奉佛堂用，感慨万千，他对她说："我和你一起营造佛堂，这真是意想不到的事，但愿来世能在彼岸世界的莲花上和睦共生。"说罢，热泪潸潸，遂执笔沾上砚中的墨汁，在三公主使用的用丁香汁染成的扇子上，赋歌一首。

却说，朱雀院曾将位于三条的宫邸作为遗产留赠三公主，并劝告源氏让三公主迁居。可是，源氏却答道："分居两处，实在放心不下。不能朝夕会面，绝非我的本心。"秋天，源氏在西侧三公主寝殿的游廊前面，中段院墙的东面，营造了一片原野般的地段，还增添构筑了摆供水的架子，使布置的环境与尼僧的居处相般配，景趣十分幽雅宜人。源氏还命人捕捉了许多秋天的昆虫，放置在这原野中。秋日天气渐凉，傍晚凉风习习，源氏信步来到此间，名为欣赏秋虫鸣声，实是依旧眷恋三公主。他说了些惹三公主烦心的话，三公主觉得此人可谓用心良苦，实是出人意外，这使她心中感到十分厌烦。

八月十五，月亮未升的傍晚，三公主来到佛堂前，眺望廊道檐前的景色，一面念诵经文。这时，源氏照例来了。源氏说："今夜虫鸣啁啾，好热闹呀。"说罢，自己也低声念起佛经来。虫声稠密，尤以铃虫声最突出，宛如摇铃声，悦耳可爱。源氏说道："据古人说，秋虫的鸣声都很动听，其中松虫的鸣声最为美妙。不过，这种虫存活不长，与其虫名不相称，铃虫则不然，随处安居，鸣声不绝，招人喜爱。”三公主闻言，低声吟道：

> 秋日凄凉更厌世，
> 铃虫美声难割舍。

她吟歌的风度高雅，又优美稳重。源氏说：“瞧你说的，真出人意外呀！”便作和歌一首，曰：

> 纵令厌世遁空门，
> 却似铃虫鸣声美。

源氏吟罢，把琴拿了过来，很难得地弹了一曲。三公主也停住不数念珠，专心聆听琴声。这时，月亮引人注目地出来了，周围笼罩上了一派凄怆的氛围。源氏仰望苍空，浮想联翩，世间万事变易无常，心中惆怅，琴声自然比往常弹得更加哀戚。

第三十七回

铃虫美声实难舍（一）

源氏给为尼的三公主布置了佛堂庭院的环境，并放了各种昆虫，营造一派原野的景趣。秋天，虫声啁啾，尤以铃虫鸣声更为悦耳可爱。三公主不禁吟歌：“秋季凄凉更厌世，铃虫美声实难舍。”图为三公主（右）闻铃虫声，眺望庭院景色的凄怆情景。此图为日本国宝。

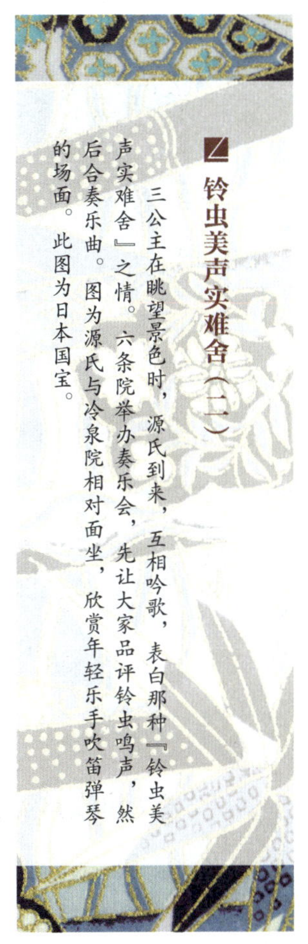

铃虫美声实难舍（二）

三公主在眺望景色时，源氏到来，互相吟歌，表白那种『铃虫美声实难舍』之情。六条院举办奏乐会，先让大家品评铃虫鸣声，然后合奏乐曲。图为源氏与冷泉院相对面坐，欣赏年轻乐手吹笛弹琴的场面。此图为日本国宝。

铃虫美声实难舍（三）

图为源氏与冷泉院相对面坐，欣赏年轻乐手吹笛弹琴的场面。此为“铃虫美声实难舍（二）”图局部放大。

夕 雾

夕雾大将的心，终归还是被一条院的落叶公主所吸引。八月二十日前后，正是野外秋色分外妖娆的时分，夕雾对云居雁说："老夫人患病，我想前往探视。"说得就像是去探视一般病人那样，然后出发去小野了。到了山庄别墅，落叶公主独坐沉思，身边很少侍女，四周无比寂静。夕雾觉得表白心思的机会到了。其时廊檐下夜雾迷茫，夕雾扬声说道："浓雾使人分辨不清归途的方向了，怎么办呢？"接着吟歌曰："夕雾弥漫添情趣，归途难辨心逡巡。"落叶公主在室内答歌："山庄墙根罩浓雾，陋室不留轻薄主。"她的声音很低，隐约地传了过来。夕雾表示不想回去，委婉地吐露了自己难以按捺的恋情。但是，公主听不进去，她只觉得自己蒙受耻辱，心中委屈万分。已近拂晓时分，落叶公主极力克制自己，说："藉口重露渗衣衫，难道还要我披上？岂非咄咄怪事！"

在归途中，夕雾思绪万千，越想越觉心烦意乱，只得听任朝露湿透了衣衫。他心里想：如若回三条院自家宅邸，夫人云居雁看见自己浑身被朝露濡湿，一定觉得诧异而加以谴责。于是，他就回到了六条院东殿花散里夫人处。夕雾派人送信给落叶公主，可是公主连一眼也不愿瞧。夕雾又派人送信来，老夫人不能不问道："是什么信？"老夫人心中断定女儿已失身，正等待夕雾今夜再来。听见来信，估计他不来了，心中忐忑不安。

翌日，夕雾从六条院回到三条院，夫人云居雁隐约听闻丈夫有偷情之事，心里很不痛快，却佯装不知。傍黑时分，小野山庄那边给夕雾送来了回信。云居雁虽然在邻室里，却已看到有人送信来，遂悄悄地走到夕雾背后，将信一把地抢了过来。夕雾佯装对那封信无所谓的样子，还想用花言巧语连哄带骗取回这封信。云居雁艳丽地莞尔一笑，说道："你何苦故作冠冕堂皇，叫我这老婆子好生受苦。

近来你的模样变得怪轻浮，我实在看不惯，真是受不了。”云居雁东拉西扯，最终还是把信藏了起来。夕雾也不强求她把信拿出来，装作无所谓的样子就寝了。可是，内心却万分焦灼，躺在床上，久久未能成眠。

云居雁见夕雾并不急于找信，她估计那不是情书，也就不把它放在心上。夕雾偶然望见云居雁的坐垫稍稍隆起，就试着掀开坐垫，只见那封信就藏在那垫子底下。他展读完信后，心中一味叫苦。原来老夫人以为他与公主前夜已铸成事实，

何时方得君片语

夕雾背着妻子云居雁，向落叶公主求爱，不断给落叶公主送去情书。落叶公主拒不回信。云居雁偶尔听闻夕雾低吟“何时方得君片语”，看见落叶公主之母送来给夕雾的信，便一把将信抢了过来。图为云居雁悄悄地走到展信阅读的夕雾背后，正要将信抢夺过来的场面。此图为日本国宝。

使老夫人心中难过，夕雾觉得真对不起她老人家。

却说，小野山庄那边，昨夜等候夕雾，却不见他来，老夫人顾不得日后会被世人讥讽，写了那封叙述怨恨的信，送了过去。落叶公主则并不怎么考虑夕雾的事，但又无法说明自身的清白。因此，她显得比平时更加羞答，老夫人看了，更觉伤心，她感到公主的命运越发苦楚，更伤透了心，病势加重。不久，就与世长辞。夕雾惊闻噩耗，立刻前往。公主不见夕雾。此时，耳目众多，如果再不告辞，久留会被人视为轻率，只好起身辞别。云居雁不知道丈夫夕雾与落叶公主的关系究竟如何。夕雾因为惦挂着落叶公主，总也放不下心，终于又赴小野山庄造访，公主十分冷淡。夕雾觉得公主太无情，只好唉声叹气地返回京城，回到三条本邸之后，仰望秋月，心灵早已在夜空中游荡。

夕雾没等到朝雾散尽，急匆匆地按惯例给落叶公主写信。云居雁心中很不愉快，但她不像前些时候那样抢他的信。夕雾的信写得很细腻，间中搁笔吟歌，虽然是低吟，但是云居雁偶尔还是听见：

漫漫黑夜梦难醒，
何时方得君片语。

真像“瀑布落无声”了！

最后，落叶公主越来越疏远了夕雾。夕雾心如火焚，苦恼万分。他的夫人云居雁更是悲愤怨恨，与日俱增。夕雾、落叶公主、云居雁之间情感上的纠葛，如何解决，真是一件麻烦的事。

第三十八回

法　事

此前紫夫人患了一场大病，体质极度衰弱，似无望康复。她为了要修来世之福，举办了许多法事，并且由衷地恳求源氏让她出家为尼。可是，源氏决不答应。紫夫人得不到丈夫源氏的许可，对丈夫心有怨恨，心想："是不是由于自己罪孽深重才进不了佛门？"

紫夫人好不容易熬到秋季到来，气候渐渐凉爽，她的精神略见好转，在房间里设席宴请明石皇后。这时，源氏走了进来，一看见紫夫人的姿影，就说道："今天真难得你能坐起身来，一定是因为皇后在跟前，心情自然舒畅了吧。"紫夫人当自感觉：源氏看见自己的病体略见好转，竟如此高兴。但是，她想到一旦自己去世，源氏该不知何等伤心，内心就不胜悲伤，便咏歌曰：

花上露珠难留存

紫姬病情日益恶化，心想到自己一旦去世，源氏不知会何等伤心，便吟歌将自己比作风吹“花上露珠难留存”。源氏听罢，悲痛欲绝。图为病重的紫姬，面对前来探视的源氏和庭院在秋风中飘忽的花，黯然神伤的情景。此图为日本国宝。

荻叶珠露本难存，
狂风吹来顿消散。

在这种情况下，她将性命比作风吹花上露珠难留存，这怎么不让源氏悲痛欲绝呢。

紫夫人蓦地对源氏说道：“请回那边歇息吧，我此刻觉得非常难受，虽说身患重病，但也不能过分失礼。”说着将帏屏拉拢，躺了下来。她那模样比往常显得更加痛苦万状。紫夫人折腾了一夜，终于在天明时分与世长辞了。

源氏已无力指点紫夫人丧期应操办的有关佛事，一切由夕雾大将经手办理。源氏一心只盼早日出家，只顾“今天该是……”。他心神不定，掐算着日子，徒然度日，恍如身处梦境一般。

第三十九回

梦　幻

春光虽明媚，源氏的情绪却越发低落，依旧悲伤不已。新年时节，许多人照例前来拜年。但源氏以心情欠佳为由，只顾蜗居室中的帘内，无时无刻地沉湎在忧伤之中。源氏想起一个名叫中将君的侍女，是紫夫人生前特别疼爱的人，便把她看作夫人的遗爱，对她格外怜惜。侍女中将君品性和容貌都不错，正像紫夫人坟墓标志的一棵幼松。源氏对待她与一般侍女的态度迥然不同，但凡较疏远者，源氏一概不见，就连在外居住的诸夫人也都疏远了。

明石皇后回宫时，为安慰父亲的鳏居，特意将三皇子（即丹穗皇子）留在父亲身边。丹穗皇子特别精心保护庭院里的那株红梅树，他说："这是外婆嘱咐我的。"源氏看了十分伤心。到了二月里，百花争艳，含苞待放的花木，枝梢也都呈现一片彩霞似的。黄莺在那棵紫夫人遗爱的红梅树上，展开了嘹亮的歌喉。源氏走到檐前，一边观看，一边独吟。

源氏终于从二条院回到六条院来。他觉着无聊，遂到三公主那里造访。丹穗皇子由侍女抱着同去。到了那里，丹穗皇子就和薰君一起追逐戏耍。三公主正在专心念经，她已经看破红尘，献身佛法了。源氏很羡慕她，暗自想道："我的道心，还比不上这个浅薄的女子啊！"不免自愧弗如。

初十过后的一天晚上，皎洁的月亮拨云而出。夕雾大将就在此时前来拜见父亲。源氏对夕雾说："独居一室，也没什么稀奇的，倒是非常寂寞。不过，习惯了这种生活也好，将来隐居深山，可以专心修道。"夕雾观察父亲的神情，觉得他十分可怜，心想："父亲如此痴心地怀念已故的继母，他纵令幽居深山，恐怕也不能专心修道吧。"

秋风萧瑟，越发令人产生凄凉的感觉。大家为紫夫人举办法事忙碌起来。源氏回想过去，好不容易熬过这些日日夜夜，直到今天。今后也只有茫然地送走朝朝暮暮。周年忌辰当日，六条院上上下下都吃素斋。那曼陀罗图就在今日供奉。源氏照例做功课。他望见空中雁群振翅飞翔，不禁吟道：

法力似幻掠长空，
处处寻觅汝游踪。

今年一年，源氏隐忍过去，终于没有出家。但是来年遁世之期又将逼近，他心绪烦乱，感慨万千。十二月十九日起，照例举办三天佛名会。也许源氏已经确信这是今生最后一次了，他听见僧人锡杖的声音，比往常更觉感伤。僧人向佛祈祷主人长寿，源氏听了只觉伤心，不知佛对他作何感想。此时大雪纷飞，积雪甚厚。导师退出之时，源氏召他进来，敬他一杯酒，礼仪比往常更为隆重，赏赐也格外丰厚。这位导师多年来经常出入六条院，早就侍奉朝廷。现在他已变成白发老僧，还在侍奉，源氏很同情他。诸亲王及公卿，照例到六条院来参加佛名会。此时，梅花初绽，星星点点，在白雪的映衬下，情趣盎然。

源氏想到岁暮将至，不胜寂寥与沮丧。忽见丹穗皇子来回奔跑，嘴里喊着：

法力似幻掠长空

紫姬周年忌辰，举办了三天“佛名会”。僧人唱出许多佛名，祈祷消除罪孽，源氏更觉伤心，望见空中雁群振翅飞翔，不禁吟道：“法力似幻掠长空，处处寻觅汝游踪。”图为在“佛名会”后，源氏赏赐和敬酒老僧人的场面。

“我要驱鬼，怎样才能发出最响亮的声音？”他那副样子极其可爱。源氏心想：“我一旦出家，就再也看不到这种景象了！”

第四十回

云　隐

（本章只有章回名，没有本文，在上一回《梦幻》和下一回《丹穗皇子》之间，相隔八年，这期间光源氏已逝世。——译者注）

第四十一回

丹穗皇子

光源氏辞世后，在其众多的子孙中，难见可继承其辉煌者。当今天皇所生的三皇子即丹穗皇子和同在六条院长大的薰君，两人都有美男子之称，然总不及源氏那样光彩照人。三皇子是紫夫人精心抚育长大的，仍居住在紫夫人故居二条院内。当今天皇及皇后特别宠爱这位三皇子，本希望他住在宫中，但三皇子喜欢旧居，故仍住在二条院。举行冠礼仪式之后，人称丹穗兵部卿亲王。

住在六条院内的诸夫人，都哭哭啼啼地搬了出来，分别迁居到预定的住处。夕雾右大臣对于父亲源氏的每一位夫人诸如明石、花散里等人，都竭诚奉养，一切遵照先父在世时的旧制，丝毫不变。

三公主所生的薰君，源氏曾托冷泉院照顾，因此冷泉院对他特别关心。秋好皇后无子女，也真心地呵护他，指望自己年老后有个贴心的保护人。薰君的冠礼仪式就在冷泉院内举行。

昔日源氏有“光君”之称，桐壶天皇对他无比宠爱。如今这位薰君年尚幼，却早已扬名，他胸怀大志。似有宿世深缘，令人觉得并非凡胎俗骨。他只因天生身有异香，浑身奇香四溢。丹穗兵部卿亲王对此既羡慕又妒忌，只得特备各种香

设宴招待两美男

源氏消逝之后，薰君和丹穗亲王成为主角，是世间所称的两美男。夕雾家有二女，他想将一女儿许配薰君，另一女儿许配丹穗亲王，于是设盛宴，招待两人。图为宴会后，夕雾陪伴丹穗亲王等从六条院走出来。

料，把衣服熏香了。

薰君经常来造访丹穗兵部卿亲王。两人在管弦的弹奏方面，水平不相上下，真是一对年轻伙伴，既互相竞赛，又彼此亲爱和睦，世人照例议论纷纭，竞相称呼他们为：“丹穗兵部卿、薰中将”。当时家有妙龄闺秀的高官贵族，无不为之动心思，也有求人前来提亲的。丹穗兵部卿亲王就中挑出几个觉得有点意思的，加以探听，然而却难觅特别惬意的。薰中将对世俗生活则索然乏味，觉得轻率地就爱上一个女子，无异于给自己缠上一种难以割断的羁绊，此类自讨烦恼之事，还是谨慎避免为佳。

多年来，三皇子丹穗兵部卿亲王爱慕于冷泉院的大公主。薰中将和大公主朝夕共处在一个院内，不时有机会得知她的情况或看见她的姿影，他知道此女子长相确实非凡，而且人品端庄，气质高雅。他想：“若要娶妻，但愿能娶到这样的人做终身伴侣，以度过幸福的一生。”冷泉院宠爱薰中将，在一般事情上，对他毫无隔阂。惟有大公主的居处，则防范得非常严谨。薰中将深恐招惹是非，并不强求亲近。

却说，夕雾右大臣家有许多女公子，夕雾本想将一女许配给丹穗皇子，一女许配给薰中将。但是他曾听见薰中将说：“母亲在世期间，我至少必须朝夕侍奉。”因此不便向薰中将启齿。夕雾原先也顾虑到薰中将和他女儿血缘太近，可是除了薰中将和丹穗皇子之外，世间实在找不到胜于此二人的女婿人选了，为此他十分烦恼。

正月十八日宫中举办射箭竞赛，夕雾在六条院备办飨宴，招待诸亲王和赛射优胜者。那天，诸亲王中成人者皆赴会，赛射的结果，照例是左近卫方面获得优胜，而且比往年结束得早。夕雾左大将便从宫中退出，与丹穗兵部卿亲王、常陆亲王及明石皇后所生五皇子，同乘一车赴六条院。薰中将属于赛败一方，默默退

出宫廷。夕雾拉住了他，劝他同往六条院。从宫中到六条院有一段路程，此时空中飘忽着细雪，黄昏景色颇具情趣。车内传出悠扬的笛声，车子缓缓进入六条院。

宴席设在正殿的南厢。宴会开始，逐渐进入高潮时，开始表演《求子舞》。舞姿翩翩，长袖飞舞，将庭院近处盛开的梅花吐出的芳香煽动，满座飘香。但薰中将身上散发出来的香味儿，却盖过了梅花香。众侍女隔着帘子窥视薰中将，彼此赞美说："可惜光线昏暗，相貌看不清楚，不过这股香气的确是无与伦比的。"

第四十二回

红　梅

时任按察大纳言，是已故隐居了的太政大臣的次子红梅，亦即已故卫门督柏木之弟。红梅大纳言有两位夫人，原配已亡故，现在的这位夫人是后任太政大臣髭黑之女，就是从前舍不得离开罗汉松柱而咏歌的那位女公子。原先她的外祖父部卿亲王把她嫁给萤兵部卿亲王，萤兵部卿亲王辞世之后，红梅和她私通。天长日久也就不顾世诼，公开娶她当了继室。红梅的已故原配只留下两个女儿，没有儿子，总觉美中不足。他向神佛祷告，继室真木柱果然为他生了一个儿子。真木柱身边还带来了一个女儿，是与前夫萤部卿亲王所生，看作是前夫的遗念。

世间盛传红梅大纳言悉心抚养着三位女公子，于是求婚者纷至沓来。天皇和皇太子也曾表示有意愿。红梅下决心将大女公子许配给皇太子。此时，大女公子芳年十七八，天生丽质，十分可爱。

二女公子长相标致，气质高雅，落落大方，甚至胜于其姐。红梅大纳言对人说："如此才貌卓绝的女子，与其进宫屈居人下，不如嫁给这位丹穗皇子，如能尽心竭力照顾那样一位皇子，想必也能延年益寿吧。"但是，首先必须赶紧着手准备大女公子嫁给皇太子的事。

微风着意送梅香

柏木之弟红梅在西厅有三位女公子，他欲将才貌双全的二公子嫁给丹穗亲王，差人折枝红梅并附歌"微风着意送梅香"，让小公子进宫送给丹穗亲王。而丹穗亲王则想娶东厅的女公子真木柱。图为手拿着红梅的折枝的红梅。

大女公子进宫之后，大纳言邸内蓦地变得冷清了。尤其是住在西厅的二女公子，与姐姐常在一起，现在觉得很是寂寞。住在东厅的女公子，即真木柱与前夫所生的女公子，和这两位女公子也很亲近。晚上三人常睡在一起，共同学习和歌及其他学问，以及游玩各种风雅的乐器，两位女公子似乎都以东厅的女公子为师，一起学习弹奏，和睦相处。这位东厅的女公子，生性腼腆，对母亲也难得正面相视，其谨小慎微甚至达到可笑的程度。红梅大纳言对这三个女儿，不厚此薄彼，一样的疼爱。不过，至今还不曾见过这东厅的女公子，很想看看她的长相如何，他时常埋怨："她总躲避我，太无情了。"他想趁人不知时窥视一下，也许能看见一面。哪会知道连侧影也没见着呢。

且说，红梅大纳言家的小公子将进宫去。他垂下的童发，反而比传统的梳成左右两边的发结，漂亮得多，看上去非常可爱。小公子先来参见父亲。红梅大纳言看见东边廊檐近处盛开的红梅，芬芳可爱，说道："庭院里的红梅颇有情趣，丹穗兵部卿亲王今天在宫中，折一枝送给他吧。正是‘梅花色香妙，知音者知晓’啊！”说着，他差人折一枝红梅，并附上一首歌，交给小公子送去。歌曰：

微风着意送梅香，
为盼黄莺早来访。

小公子幼小的心灵也很想亲近丹穗皇子，旋即进宫去了。

丹穗皇子正从明石皇后的上房走出来，看见小公子，问道：“你昨天为什么早早就退出？今天什么时候进来的？”小公子答道：“我后悔昨天太早退出，今天听说你还在宫中，就赶紧来了。”他那稚嫩的声音十分亲切悦耳。丹穗皇子说：“不只是宫中，我那二条院里也很好玩儿，你就常来吧。”丹穗皇子又说：“你替我悄悄地问问你家东厅那位姐姐，愿不愿与我相爱？”小公子见机会已到，就将那枝红梅和附歌递给了他。丹穗皇子本来就喜欢梅花，红梅大纳言投其所好。丹穗皇子对梅花赞美了一番后，探问小公子：“这花的主人［指二女公子］为什么不去侍奉皇太子？”小公子答道：“我不知道。听父亲说，让她去侍候知心的人。”丹穗皇子曾听说，红梅大纳言想把自己所生的二女公子许配给他，而他所想娶的，却是萤部卿亲王所生的东厅女公子。

第四十三回

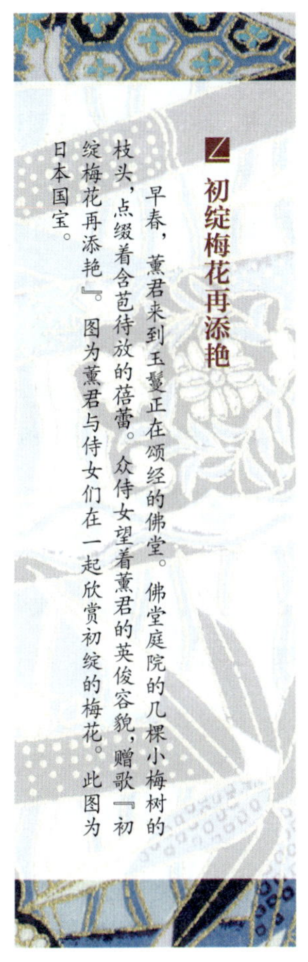

初绽梅花再添艳

早春，薰君来到玉鬘正在颂经的佛堂。佛堂庭院的几棵小梅树的枝头，点缀着含苞待放的蓓蕾。众侍女望着薰君的英俊容貌，赠歌『初绽梅花再添艳』。图为薰君与侍女们在一起欣赏初绽的梅花。此图为日本国宝。

竹　河

髭黑太政大臣与玉鬘尚侍，生了三男二女。不久，髭黑大臣与世长辞，甚是可怜。玉鬘夫人万分惆怅，恍如做了一场梦。三位公子立身处世，难免孤单无助，不过总算能自然地逐步晋升。玉鬘夫人忧心的，只是如何安排两位女公子的前途。

源氏晚年娶朱雀院的三公主所生的薰君，冷泉院把他当作自己的儿子一般地爱护，封他为四位侍从。薰君此时年仅十四五岁，正是还带有孩子气的天真少年时期，然而他的心灵却比年龄早熟，是个十足的老实人，其言行举止无懈可击，人品高尚，可以预见他前途无量。玉鬘尚侍很想选他为婿。尚侍的宅邸距三公主所住的三条院很近，因此每当举办管弦乐会，诸公子都要邀请薰君参加。

翌年正月初一，玉鬘尚侍的异母兄弟红梅大纳言前来尚侍邸拜年。傍晚，四位侍从薰君也来向玉鬘尚侍贺年。薰君的确长得英俊，风度翩翩，转身的时候，身上就飘逸出一股奇香。纵令长居深闺中的千金，只要是知情识趣者，邂逅薰君，无不赞叹他是个出类拔萃的人。此刻玉鬘尚侍正在念佛堂里，薰君从东台阶拾级登上了念佛堂，在门口的帘前坐下。佛堂前近处的几棵小梅树，枝头上缀着含苞待放的蓓蕾，早春的黄莺啁啾鸣啭，听起来还嫌不够纯熟。众侍女希望英俊的薰君在这种景趣中，表现得更潇洒些，于是聊起天来试图诱发他。薰君却只顾沉默寡言，使有些扫兴。其中有个名叫宰相君的身份高贵的侍女，遂赠歌一首，曰：

采来观赏花更香，
初绽梅花再添艳。

薰君佩服她脱口吟出此歌，遂答歌曰：

“远观小梅似秃枝，
孰知初绽花更香。

如若不信，不妨触我的袖子。”他与她们谈笑风生，众侍女异口同声地说：“真是‘色艳香更浓’。”她们打趣喧嚣，差点拽住他的衣袖。玉鬘尚侍从室内膝行出来，压低嗓门说：“你们这是怎么啦，连这样腼腆的老实人也拿人家来寻开心，好不难为情。”

薰君不甘心被称为老实人。正月二十日过后，正是梅花盛开时节，他想让那些嫌他不够潇洒的侍女们看看他的本色，遂赴玉鬘尚侍宅邸造访藤侍从公子。此时藏人少将早已来了，于是两人一起哼着催马乐《梅枝》，向西面游廊前的红梅树下走去。薰君身上飘逸出来的香气比花香更浓重，侍女们早已闻辨出来，连忙打开便门，并用和琴和着，唱起《梅枝》歌，旋荡出悠扬的音乐来。薰君觉得这里的确是个饶有雅趣的地方，果然拨人心弦。于是，薰君弹奏一曲，琴声十分美妙。玉鬘尚侍听了薰君的琴声，自然倍加感伤。她说：“不知怎的，总觉得这薰君的长相酷似已故的柏木大纳言。他弹的琴声竟也那么像是大纳言所弹奏的。”说罢，不禁哭了起来。藏人少将也用美妙的歌声，唱了一曲催马乐《幸草》。东道主藤侍从就跟着众人唱催马乐的《竹河》，嗓门儿虽然还很稚嫩，但也饶有兴味地高歌了一曲。

翌日，四位侍从薰君派人送了一封信给东道主藤侍从，信中说：“昨夜举止错乱，让大家见笑了。”他估计此信玉鬘尚侍必定会看到，故信中多用假名书写，一端还附有一首歌，歌曰：

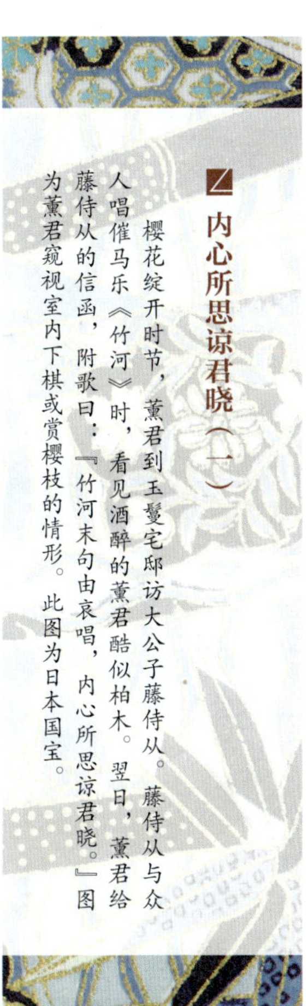

内心所思谅君晓（一）

樱花绽开时节，薰君到玉鬘宅邸访大公子藤侍从。藤侍从与众人唱催马乐《竹河》时，看见酒醉的薰君酷似柏木。翌日，薰君给藤侍从的信函，附歌曰：『竹河末句由衷唱，内心所思谅君晓。』图为薰君窥视室内下棋或赏樱枝的情形。此图为日本国宝。

竹河末句由衷唱，
内心所思谅君晓。

藤侍从将这封信拿到正殿，母子俩一起阅读。玉鬘尚侍说："他的笔迹真挺秀啊！小小年纪就文才横溢，真不知前世是怎么修来的。他幼年丧父，母亲又出家为尼，不曾好好抚育他，然而他却还能成长得如此出类拔萃，真有福气啊！"

事实上，薰君以此为契机，此后就常常到藤侍从住处来造访，这期间他隐约吐露了爱慕女公子的意愿。

第四十四回

内心所思谅君晓（二）

图为薰君窥视室内下棋或赏樱枝的情形。此图为"内心所思谅君晓（一）"局部放大。

桥　姬

薰君许久没有造访八亲王，便在黎明前挂着残月的黑暗时分，也不多带随从，悄悄地启程了。八亲王的山庄位于宇治川的这边岸上，省去泛舟渡河的麻烦，骑马就能抵达。愈步入深山，雾霭愈发浓重，林木葳蕤，几乎看不见路。树叶上的露珠，顺着狂刮的山风纷纷飘落。他只觉露水濡湿了衣裳，冷飕飕的。也许是心情的缘故吧。如此外出旅行，是生平难得的经历，虽觉孤单，却饶有兴味。

薰君他们穿过许多柴篱笆，淌过一处处浅涧的流水，渐渐走近宇治山庄时，传来一阵清澈的琴声，听不清是什么曲子，只觉得十分凄怆。于是走进山庄细听，原来那是琵琶声，所弹奏的是“黄钟调”。虽然弹的是平常的曲调，反拨琴弦的拨子声也十分清脆，可能是由于环境的关系，听起来竟令人有耳目一新的感觉，还不时地夹杂着筝声，哀怨而优雅，断断续续地传送过来。

于是，薰君请山庄值班人引领他前往两女公子的住处。薰君稍微推开通往女公子居处的篱笆门，只见室内有一人隐现在柱子的后面，她面前放着一把琵琶，手里摆弄着拨子。方才躲在云层里的月儿，蓦地出来照亮了大地。此女说道：“据说古人用扇子可招回月亮，如今不用扇子，用拨子也能招徕月亮呀！”说着，抬头望月，她那相貌水灵娇媚，无比可爱。在她近旁还另有一人，靠着柱子，凝眸俯视着琴，带笑地说：“用拨子招回落日倒是听说过，但用拨子招徕月亮这种说法，却是很奇特啊！”那笑容显得比前者庄重，文雅。前者说：“就算招不回月亮，但是这拨子与月却有缘呐！［译注：琵琶上安插拨子处称隐月］”薰君的心不禁为两位女公子所吸引。此时，夜雾浓重，无法看清她们的倩影。薰君甚至期盼着月亮再出来。大概是里面有人通报：“外面有人！”帘子随即垂下，屋里人都退入内室。她们的神态从容不迫，温文尔雅，悄然隐入内室，连衣裳的声都听不见。那种柔媚的姿影，高雅的神态，着实令人无比爱怜。

于是，他径自走到方才两位女公子所在居室垂帘前的廊子上，并在那里坐下来。时已近黎明时分，景物逐渐依稀可辨，果然窥见薰君身着便服，露水濡湿了衣衫，散发出一股简直是另一个世界的奇香，不禁令人惊讶万分。此时，隐约传来了八亲王居住的山寺的钟声。雾愈发浓重。不由地让人想起古歌中所吟的峰上八重云，觉得这深山野岭，被云雾重重阻隔，多么可哀。薰君不免可怜这两位女公子，她们幽居在此深山野岭中，内心不知有多少缠绵的愁思，怎能不愁煞人呢。

薰君落入沉思，浮想联翩："人们在靠不住的小舟上载着砍来的柴禾，各自为糊口而忙碌奔波，漂浮在无常的水面上。仔细琢磨，又有谁不是如同这一叶扁舟在无常的世间虚幻度日呢。我虽不泛舟，但是生活在琼楼玉宇里，难道就能永远安稳度日吗？"于是，便让随从侍侯笔砚，为女公子赠歌一首，歌曰：

"为得桥姬心，撑竿插浅滩；
船篙滴水珠，热泪湿满袖。

想必愁绪万端吧。"［桥姬，传说中守护宇治桥的女神，此处喻女公子］写毕，交值班人

为得桥姬心（一）

薰君到宇治山庄探望其弟八亲王。他被亲王的两位女公子的清澈的琴声所吸引，不免为她们隐居这荒凉的山庄而涌起万端愁绪，联系宇治川桥姬的故事，吟歌"为得桥姬心，撑竿插浅滩"，相赠于女公子。图为薰君透过竹篱笆，窥视二女公子弹琴的美姿。此图为日本国宝。

给送进去。大女公子想，答歌贵在神速，旋即写道：

“宇治川上千帆过，
朝夕袖湿难免朽。

身子宛如漂浮在泪海中。”她的字迹非常清秀，薰君读了觉得写得实在完美无缺，令人向往。此时，蓦地传来了随从的呼喊声：“京城来车子啦！”薰君脱下被雾水濡湿了的衣裳，都送给了值班人，换上京中带来的便服，乘车返京了。

第四十五回

为得桥姬心（二）

图为薰君透过竹篱笆，窥视二女公子弹琴的美姿，这是其中的薰君。此图为“为得桥姬心（一）”局部放大。

椎　根

约莫于二月二十日，丹穗兵部卿亲王赴初濑参拜。他图的是前往的途中，可在宇治泊宿。这里是六条院已故源氏右大臣留传下来的一处御领地，现已归夕雾右大臣所有，位于宇治川北岸，领地宽广，饶有情趣，于是以此处作为丹穗亲王前往参拜途中的歇宿地。丹穗皇子听说今日改由薰中将前来迎候，十分高兴，他可以托其向八亲王那边传递信息。

八亲王的山庄内随意陈列着几种音色无比优美的古乐器。大家逐一弹奏。客人都希望趁此机会听听主人八亲王的七弦琴。但八亲王只顾弹筝，随便地与人合奏。八亲王安排山乡式的筵席招待来客，这正是乡土方式的古风盛宴，颇有情趣。留在对岸的丹穗皇子，由于自己的身分关系，不能随便行动。他闲得无聊，觉得不应错过此机会，他按捺不住寂寞，让人折一枝蛮有情趣的樱花，并差一个童子将信送去。信中曰：

“山樱芬芳引客临，
折下花枝抚慰心。

山樱芬芳引客临

深居宇治的八亲王担心自己逝后两位女公子终身埋没在此山乡，而薰君的心中早已据有了她们。他不愿错过良机，想独自泛舟前往，又担心过于轻率。而丹穗亲王又急于会见两女公子，便差童子送去一信并附歌曰：“山樱芬芳引客临。”图为薰君与年轻人乘舟访八亲王邸。

我正是‘为爱春郊歇一宵’”的。

八亲王内心打算着：“只要真心爱护我女，郑重前来求婚，即使求婚者有些缺点，我也只当不见，愿将女儿许配给他。”只是那位丹穗皇子，倒是真心爱慕，却不能到手，越不到手他越不罢休。这大概是前世因缘所至吧。

至于薰君对一切世俗之事，确已无所留恋，自身也毫无一样精通的技艺，便惟有听赏音乐一事，实在难于舍弃。此前他曾听过女公子们的一两声琴音，但总觉不满足，恳切希望再听。八亲王可能盼望以此作为他们相互亲近的开端，于是亲自走进女公子室内，亲切地劝她们弹奏。大女公子只好取过筝来，略弹数声就终止了。这时山乡静寂，鸦雀无声，动人的夜空景色和四周氛围，都令薰君心荡神驰，他真想参与女公子们那悠悠自若的演奏。然而女公子们岂肯毫无顾忌地与他合奏。八亲王说：“我现在让你们彼此熟悉一下，以后就看你们年轻人的了。”说着准备上佛堂去做功课。

且说，薰君想到丹穗皇子迫不急待地想会见这两位女公子，觉得自己毕竟和别人不同，心中已把女公子据为己有了。而丹穗兵部卿亲王想在今秋赴宇治观赏红叶，正在左思右想，寻觅适当的机会。他不断派人给女公子们送情书，但两位女公子认为他不是真心求爱，因此尽管并不讨厌他，却只把这些信当作无关紧要的四时应酬文来读。

八亲王亡故。两位女公子过度悲伤，欲哭无泪。中纳言薰君惊闻八亲王噩耗，不禁痛哭失声。两位女公子虽已心烦意乱，也深感薰君多年以来的美意。虽死别是世间常有之事，但在当事者看来，其悲痛是无可比拟的。更何况两位女公子身世寒苦，无人抚慰，不知何等悲伤。丹穗兵部卿亲王也屡屡派人送信来吊慰。但两位女公子哪有心思答复此种来信。她们认为自己这寒苦之身世，对于这个高贵而多情的男子够不上写回信。因此她们想：“何必高攀。我们但愿过修行僧般的

山乡生活，终了此一生。”

两位女公子依然愁眉不展，忧伤度日。偶尔应时作一些歌，消磨时光。中纳言薰君和丹穗皇子时不时都有信来。丹穗兵部卿亲王每次总收到冷淡的回信，内心真觉沮丧。他无可奈何，只得多方埋怨薰君不为他卖力。薰君暗自觉得可笑，便装作两位女公子的全权保护人的样子来应对他。特别是每当看到丹穗亲王有轻浮之心，薰君必定告诫他说：“你如此轻浮，叫我怎好出力呢？”

第四十六回

总　角

薰君未能对大女公子干脆利落地倾吐衷肠，深感难为情。他只是认真地商谈丹穗亲王和二女公子之事，对大女公子说："从丹穗亲王的性格来说，他在恋爱上过于热心，即使本非深爱的事，一经启齿，就不肯收回成命。大概也缘于此本性，所以多方设法探询尊意。他对这门亲事，是真诚的，大可放心答应，为何坚决回绝呢？"大女公子答道："正是为了不辜负贵方的诚意，所以我才不顾抛头露面，无所隔阂地相待，倘若不能理解我的这番心情，恐怕是贵方心怀浅薄的想法吧。"薰君心想：她不能答复自有其道理。便召唤那老侍女弁君前来商量。老侍女弁君说："大小姐这是惦念二小姐之事，希望她能随宿事人。多年来您不顾深山路遥，常来造访，小姐们认为您是可亲之人，现在大小事情又都与您商量。如果您有意与二小姐成亲，对大小姐说，她一定会答应的。丹穗亲王时常有来信，但她们似乎认为此人并无诚意。"薰君答道："按理说，让我同这两位小姐中的哪一位结缘，都是一样的。大小姐如此关心，我不胜庆幸。我虽已看破红尘，但仍情有所钟，难以割舍。要我改变初衷，实难办到。我对大小姐的钟情，决非世间寻常的轻浮恋爱可比。不过，我所盼的，只是隔帘相对而坐，开诚地倾谈人世之无常，大小姐也毫无顾虑地吐露心曲。不过，我对大小姐一片真心爱慕之情，总难于启齿。至于丹穗亲王与二小姐之事，请万勿以为我居心不良，允许我的请求吧。"

且说，三条宫邸遭遇火灾后，薰君迁居六条院，与丹穗亲王的宅邸相距很近，他常常前去造访。两人畅谈世间事，丹穗亲王在闲谈过程中想起了宇治那两位女公子，一味埋怨薰君不为他卖力。薰君心想："毫无道理啊！我自己都未能如愿呐。"于是，两人周密地筹划访问宇治的步骤。薰君暗地做好准备后，悄悄地带丹穗亲王到了宇治。丹穗亲王按照薰君的指点，跟着老侍女弁君走进了二女公子的房间

愿随落月共西沉

八亲王逝后，薰君和丹穗分别向大女公子、二女公子求爱，两人周密地筹划访问山乡宇治的步骤。可是大女公子病重弥留之际，将二女公子托附薰君。薰君终日惆怅，歌曰："愿随落月共西沉。"以表自己仍依恋大女公子之心。图为丹穗亲王泛舟抵达故八亲王邸，室内为两位女公子的倩影。

里。大女公子全然不知内情，正在应付薰君，劝导他到妹妹房间去。薰君觉得可笑，又觉得可怜，便对她说："此番造访，丹穗亲王定要跟我同来，我不好拒绝。他已经来了，并且已悄悄地走进了令妹的房里。"大女公子闻及此言，更觉意外，对薰君说道："想不到你如此处心积虑，多方算计，以至让我屡次上当，太欺人了！"她感到无比的痛苦。薰君答道："想必是宿缘早已注定，绝非可随心所愿的。丹穗亲王钟爱令妹，我很为你惋惜。至于我自己的夙愿未尝，恨无置身之地，不胜苦楚，还望听我劝说，此乃宿世姻缘，实属无奈，就放宽心吧。"他们两人隔着隔扇谈话，直到拂晓。

丹穗亲王总想悄悄地将二女公子迁往京城，然而苦于找不到适当的住处。而夕雾左大臣则千方百计要将他的六女公子许配给丹穗亲王。丹穗亲王不答应。经双方多人商谈最后决定，强迫丹穗亲王迎娶。中纳言薰君听说此事，十分着急和无奈。他暗自苦恼地想："这大概是前世注定的宿缘吧。我所爱的不是二女公子而是大女公子。大女公子却要把二女公子让给我，这非我所愿。我就将二女公子介绍给丹穗亲王，如今回想起来真后悔。其实我兼得两位女公子，也是不会有人非议的。现在已无法挽回，只顾痛悔失策。"丹穗亲王则更加痛苦，无时不在思念二女公子，爱恋她，对她又深感内疚。

却说，宇治的大女公子自从家里发生了丹穗亲王那件事之后，她的心情更加郁悒，使得身体极度衰弱，看来已经全无希望了。中纳言薰君照例隔着帷屏坐在大女公子病榻近旁侍候。大女公子稍稍移开遮住脸的衣袖，说道："我如此薄命，被你视为无情之人，已无可奈何了。我曾委婉请求你，请你同爱我一样地爱对我遗下的妹妹。薰君答道："除了你，我决不爱第二个人，所以不曾听从你的规劝。如今想来，颇感后悔，且甚抱歉。不过令妹之事，请放心勿念。"

宇治大女公子辞世后，中纳言薰君想藉此无限愁苦之时，了却遁入空门的夙

愿。但又顾及三条宫邸里的母亲会伤心，还惦挂着宇治二女公子孤苦无依，前思后想，心绪烦乱。继而又想："不如按大女公子遗言，把这妹妹当作死者遗念来爱护她吧。"

漫天飞雪，终日下个不停，天色灰暗，中纳言薰君成天惆怅，郁悒沉思。隐约传来那边山寺的晚钟声。触景生情，歌曰：

月儿行空真羡慕，
愿随落月共西沉。

早　蕨

偏僻的宇治山庄也看到明媚的春光。但二女公子只觉得像做了一场梦，不知道这些日子是怎么度过来的。如今丧失了姐姐，每遇可喜或可悲之事，无人可以谈心共叙。万事只好闷在心里，暗自悲伤。一天，阿梨派人送信来，随函送上蕨菜和笔头菜，装在一个可爱的篮子里，并附歌曰：

春日为君摘蕨菜，
不忘旧情年年采。

二女公子猜想阿梨咏此歌时肯定仔细推敲过。她觉得歌意也很有情趣，不禁流下泪来。二女公子近来姿容稍见瘦削，反而更显得高雅而又娇艳，她的长相酷似已故的大女公子。据说，大女公子故去后，中纳言薰君由于过度悲伤，以至神情恍惚。二女公子得知，觉得可见此人对姐姐的爱恋确非浅薄，从而对他的同情更深切了。

丹穗亲王身份高贵，不便随意外出，他决心迎接二女公子迁居京城。中纳言薰君满腹愁怨，无处诉说，不胜其苦。一天，他进宫拜访丹穗亲王。丹穗亲王首先探询宇治山庄那边的事："大女公子辞世后，那边的情况如何？"中纳言薰君就向他叙述近数月来无以名状的悲哀，以及不断思念的苦楚，还倾诉每每触景生情，回忆昔日种种可悲之事，可喜之情，连哭带笑地吐露一番。丹穗亲王还同他商量宇治二女公子迁居京城之事，薰君说："这倒是件可喜之事。否则连我都觉得自己有过失。我要寻求那永不忘怀的佳人的遗爱，除此人外还会有谁呢？"于是，愿帮助丹穗亲王备办这桩迁居京城之事。

宇治山庄里也忙着准备迁居，二女公子心绪纷乱，不知如何是好。中纳言薰君于二女公子乔迁前一日清晨先行来到宇治。二女公子无心考虑明日迁居之事，只顾茫茫然地躺着。中纳言薰君容光焕发，楚楚动人。二女公子一看见他，就想起时刻不忘的故去姐姐的面影，不胜悲伤。中纳言薰君对她说："我对令姐的怀念，

一言难尽。只是今日乃乔迁之喜，理应忌讳。”便不谈大女公子之事。

庭院近前的红梅，色香都很诱人。连黄莺似也懂得惜梅，频频啁啾鸣啭，更何况两人怀旧的谈话中悲叹“春如昔日春”，此时的氛围格外凄怆。春风阵阵吹入室内，传来梅花香和薰君身上散发的芳香，虽然不是橘香，亦不免令人追念故人，二女公子回忆姐姐在世之时，为排遣无聊与寂寞，为慰藉世态的忧伤，一心玩赏红梅，她满怀思念姐姐之情，咏歌曰：

> 山风吹袭看花人，
> 梅香依旧不见君。

咏歌声断断续续，隐约可闻。中纳言薰君颇感亲切，答歌曰：

> 昔日梅花虽依旧，
> 移栽他处非我旁。

歌罢，悄悄揩拭潸潸热泪，不再多言，只告诉她说：“且待迁京之后，再来造访，

移种他处非我旁

二女公主失去姐姐，在宇治山乡难以度日。丹穗亲王接她迁居京城。她与薰君怀念故人时，传来梅香及薰君的衣香，不禁咏歌“梅香依旧不见君”，薰君答歌“移栽他处非我旁”。图为二女公子迁居京城后与侍女们在一起。此图为日本国宝。

关照一切。”说罢，旋即告辞。

山庄内处处打扫干净，一切都收拾停当。丹穗亲王采取私下迎娶的方式，在宫中等待，十分焦急。二女公子心慌意乱，不知即将到达的是何等去处，内心只觉得异常悲伤。

百花盛开之时，中纳言薰君遥望二条院内的樱花，首先想起的是杳无主人的宇治山庄，独自咏唱“任意落风前”的古歌，仍意犹未尽，遂前去访问二条院的丹穗亲王。丹穗亲王近来常住在这里，与二女公子相处十分亲密。薰君看了，觉得“这还算体面”。可是，不知怎的，内心总觉得有点不舒服，自己也觉奇怪。尽管如此，他还是真心为二女公子获得丹穗亲王的爱而感到欣喜和放心。丹穗亲王与薰君两人天南海北地聊天，直聊到傍晚，丹穗亲王要进宫，叫人准备车辆，众多随从聚集过来。中纳言薰君便离开丹穗亲王，前往二女公子住处造访。

二女公子迁居京城后，与住在山庄中情况大不一样，深居帘内，过着高品位的生活。中纳言薰君从帘缝里窥见一个可爱的女童，便叫她向二女公子传言问候。帘内的人送出一个坐垫来。有一个像是了解前情的侍女，出来传达二女公子的答话。中纳言薰君说：“居所相距很近，本可朝夕无所隔阂地相见，但若无要事而常来造访，过于亲密，又恐遭人责难，缘此还是谨慎行事为佳。曾几何时已觉事态变迁，不同于往昔。隔着云霞遥望贵庭院里的树梢，感慨万千。”他说话时的神情，显得十分痛苦，实在令人同情。二女公子想：“真可惜啊！姐姐如若在世，住在三条邸内，我们便可随时往还。又可随着季节的推移，共赏各色花香鸟语，日子也可以过得更舒心些。”她追忆往昔，觉得现在虽然迁居京城，却比从前常年忍受寂寞蜗居山庄时更加悲伤，更感遗憾。

第四十八回

寄　生

话说已故左大臣之女藤壶女御，生一皇女，人称二公主，长相相当标致，皇上也非常怜爱她，悄悄地把她接回宫中。

正是菊花盛时，皇上与二公主下棋。暮色渐浓，皇上望着暮色映照下的菊花，觉得它更添几分娇艳，他召中纳言薰君前来对弈，下了三盘棋，皇上输了两盘。皇上说："真遗憾啊！"接着又说："今天先'许折一枝春'。"薰君没有答话，旋即走下庭院，折了一枝颇有情趣的菊花，并咏歌奏曰：

如若寻常篱下花，
随心摘取又何妨。

看来着意匪浅，皇上答道：

不堪霜冻菊花蔫，
色香依旧留人间。

色香依旧留人间

藤壶之女二公主是皇上的掌上明珠，皇上欲选薰君为附马，常召薰君前来下棋。而薰君却仍爱恋着大公主，以歌"色香依旧留人间"，向皇上隐约暗示己意。图为皇上与薰君在下棋。此图为日本国宝。

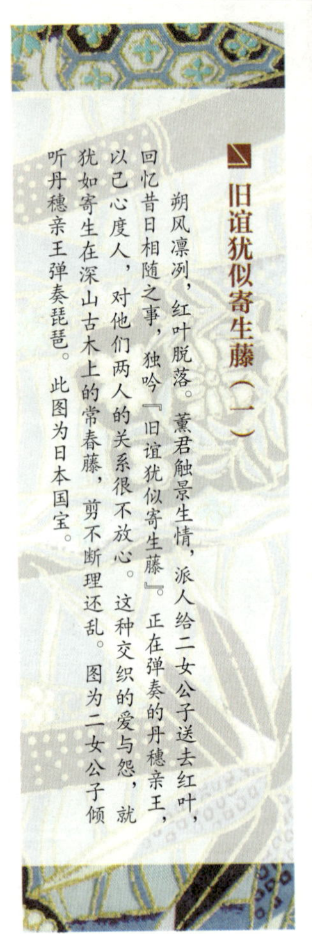

旧谊犹似寄生藤（一）

朔风凛冽，红叶脱落。薰君触景生情，派人给二女公子送去红叶，回忆昔日相随之事，独吟『旧谊犹似寄生藤』。正在弹奏的丹穗亲王，以己心度人，对他们两人的关系很不放心。这种交织的爱与怨，就犹如寄生在深山古木上的常春藤，剪不断理还乱。图为二女公子倾听丹穗亲王弹奏琵琶。此图为日本国宝。

皇上屡屡隐约暗示己意（愿召薰君为二公主的驸马），中纳言薰君并无当即从命之意。夕雾左大臣本来决意要将自己的六女公子许配给薰君，而薰君心中还是念念不忘已故的宇治的大女公子，着实悲伤。

夕雾左大臣略闻知此事后，十分妒忌，但转念又想："丹穗兵部卿亲王对我女儿虽然没有诚心，然而从未断绝给她写富有风情的来信。就算是逢场作戏，也是前世之缘，结果不会不爱她的。"于是，他抓紧准备六女公子与丹穗亲王的婚事，日子选定在八月内。宇治的二女公子从他人那里听到了丹穗亲王与夕雾左大臣家的六女公子结婚的日期，只觉得他冷酷无情，不胜怨恨。中纳言薰君得知此事，对宇治的二女公子深感同情。

且说，夕雾左大臣把六条院内的东大殿装饰得富丽堂皇，一心等丹穗亲王来入赘。而丹穗亲王今天傍晚从宫中出来后，前往二条院去了。夕雾闻之，很不痛快，赋歌曰："半宵为何君未来"。丹穗亲王是不想让二女公子看见他今晚入赘的情形。他一方面对二女公子深感抱歉，但他本性难移，是个好色者，所以另一方面又想尽量讨好正在等待他的新人，遂又前往六条院，见到六女公子后，对她十分恩爱。此后，二女公子心想："这本是在意料之中，不过没想到恩情竟如此迅速就完全断绝。"她觉得当初贸然离开山庄，宛如做了一场梦。

半宵为何君未来

生性好色的丹穗亲王与二女公子婚后，心中又暗恋夕雾之女六女公子。夕雾招丹穗亲王为婿当夜，丹穗亲王为抚慰二女公子，先去了二条院。夕雾甚为不快，歌曰"半宵为何君未来"。图丹穗亲王第一次与夕雾之女六公子幽会的亲昵情景，屏风外侧是侍女们。此图为日本国宝。

薰君来到了二条院，因为他对二女公子暗恋之情更浓。寒风凛冽，扫尽了枝头的红叶，薰君看见有些寄生的常春藤缠在姿态优美的深山古木上，依然不褪色地活着，不禁独吟“旧谊犹似寄生藤”。他让人从中摘取一些红叶，送给二女公子。丹穗亲王正好在家，他天生好色，以己之心度他人之腹，大概认为这两人之间必有异常的关系而放不下心吧。

贺茂祭的忙碌过后二十数日的某天，薰大将照例访问宇治。他走进新建的山庄。只见一辆女子的车，也向山庄这边走过来。薰大将叫随从人去询问：“这车中是谁人？”一个操方言的男子答道：“是前常陆守大人家的浮舟小姐。”进山庄后，车中人小心翼翼地下车。只见这人的头部和身材都很娇小优雅，薰大将一见立即想起大女公子来。

薰大将让老尼姑弁君向小姐传言：“想必是宿世之缘，导致我来相遇。”弁君笑道：“奇怪啊！你们这宿世之缘，是何时结成的？”说着，走进浮舟的房里传言去了。

第四十九回

旧谊犹似寄生藤（二）

图为二女公子倾听丹穗亲王弹奏琵琶。此图为“旧谊犹似寄生藤（一）”的局部放大。

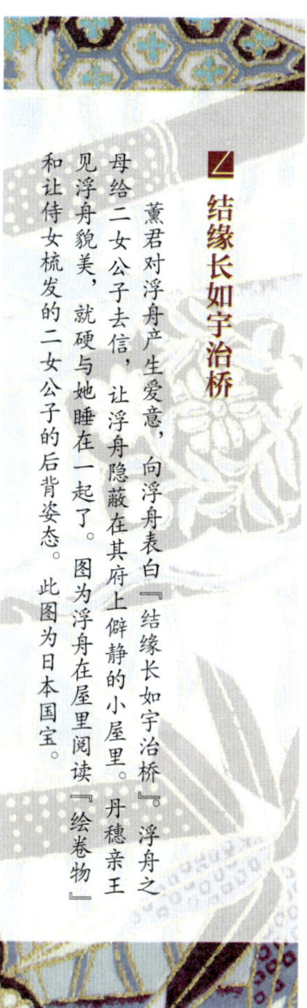

结缘长如宇治桥

薰君对浮舟产生爱意，向浮舟表白『结缘长如宇治桥』。浮舟之母给二女公子去信，让浮舟隐蔽在其府上僻静的小屋里。丹穗亲王见浮舟貌美，就硬与她睡在一起了。图为浮舟在屋里阅读『绘卷物』和让侍女梳发的二女公子的后背姿态。此图为日本国宝。

亭　子

薰大将不直接给浮舟写信，只是屡次叫老尼姑弁君去向她母亲表示求爱之意。浮舟的母亲认为薰大将不会真心爱慕她的女儿，她思虑万千。常陆守对自己的许多子女都悉心抚养，惟独对后妻带来的浮舟则漠不关心，视若他人。可是，浮舟长得十分标致，气质高雅，远胜于其他诸姐妹。因此母亲很怜惜她，总觉太委屈她了。

一天，浮舟的母亲看见丹穗亲王长相格外俊秀，宛如刚摘下来的一枝樱花。她心想："多么英俊啊！只有我的浮舟，才能与此种高贵之人相匹配。"她彻夜未眠，思考着浮舟未来之事，并向二女公子诉苦说："我沦落为地方官的妻子，常嗟叹自身命苦，不希望浮舟重蹈我覆辙。因此想把她托付给你，任你安排。"二女公子听了她这番话之后，也不忍心让浮舟受苦。她忽然想起："浮舟说话时，那语调也酷似姐姐，我想让念念不忘姐姐的那位来看看呢。"正在此时，侍女们报告："薰大将来了！"薰君缓缓走了进来。浮舟之母仔细端详，觉得他也是个气质高雅、俊秀非凡之人。

话说丹穗亲王从宫中回到家里，百无聊赖，闲庭散步，他走近西边的屋子窥视，浮舟正躺卧在窗前欣赏景致，姿态非常优美。本是好色者的丹穗亲王，这时岂肯放过，便拽住了浮舟的衣裾，又把刚才拉开的隔扇关上，自己在隔扇和屏风之间坐了下来。浮舟十分惊奇，连忙用扇子遮掩容颜，猛然回首，其姿态优美至极。丹穗亲王便握住她拿扇子的手，对浮舟说："你是谁？不把名字告

故人面影不见留（一）

薰君为大女公子在宇治修建了一座小佛堂，山乡景致颇有情趣。他坐在溪流畔，触景生情，叹“故人面影不见留”。此时，他听闻酷似大公主的浮舟的苦境，便奔赴简陋的小屋。浮舟不肯立刻与他相见。图为坐在屋外廊道上等候与浮舟见面的薰君，与室内背靠他而坐的浮舟的情状。此图为日本国宝。

诉我，我不放手。”说着，悠悠自在地躺了下来。

浮舟恍如做了一场噩梦。二女公子想起浮舟受了委屈，很是同情，便佯装不知此事。浮舟身世凄苦，又新添一层不幸。二女公子亲切地和浮舟谈话时，浮舟惊魂未定，不知如何回答才是。二女公子仔细看她在灯光映照下的姿容，觉得她和大女公子完全相似，做薰大将的配偶也当之无愧。她以做姐姐的心情来为浮舟的未来设想。

且说，每到秋色渐深之时，薰大将总因思念大女公子而夜夜失眠。此时正好宇治新建的佛堂落成，他便亲自前去察看，一并造访了老尼姑弁君。在与弁君的谈话中，他顺便提到浮舟，并让弁君传言：“我想在这幽静的地方把近来思慕之苦心向小姐陈述。”浮舟不肯出来与他相见，众侍女勉强扶她出来，把拉门关上，只留下一条缝隙。薰大将看了甚为不快，说道：“造这门的木匠着实可恶，我从来不曾坐在这种门的外面呢。”又说：“此前在宇治邂逅，窥见芳容，长相思至今。如此难以忘怀，想必是前世之缘。”浮舟的容貌原本就楚楚动人，薰大将觉得不失其所望，对她无限的爱怜。

第五十回

故人面影不见留（二）

此图为“故人面影不见留（一）”之薰君等候见浮舟的面影局部放大。

浮　舟

丹穗亲王自从与浮舟邂逅后，至今仍难以忘怀。过了正月初一，宇治那边送来了一封信，丹穗亲王拆开来看，觉得笔迹稚嫩，信中写道：“久疏问候，不觉间已届岁暮。山乡氛围沉闷，峰岭终日闭锁在云霞中。”此外又不顾新年忌讳，写了许多忧愁悲伤的话。丹穗亲王觉得这不像是一般侍女所写的信。他看到信中说“上次遭遇那件可恼可怕之事”一语，料定这必是以前邂逅的那个女子，心想：“奇怪啊！我早已听说近年来薰大将不断地到宇治，且有人说他有时悄悄地在那里过夜。虽说是为了纪念大女公子，但是一位身份高贵的公子，在那种地方歇宿，总是不相称的。却原来是他有这样的一个女子藏在那里。”他又暗自想：“这是否我所邂逅的女子呢，得去认定一下才是。”

一天傍晚，丹穗亲王到达宇治。他走进浮舟的住所，向内窥探，只见帷屏的垂布已掀起，浮舟正在曲肱为枕，凝望着灯火。她那眼神，那垂肩秀发掩映下的天庭，十分高尚优雅，很像二女公子。此时，丹穗亲王心中考虑的，只是如何才能将她占为己有。于是，他骗浮舟的侍女右近把门打开，走近浮舟的身边，脱下衣服，装作习惯的样子躺了下来。浮舟察觉来的不是薰大将，万分惊恐，不知所措。

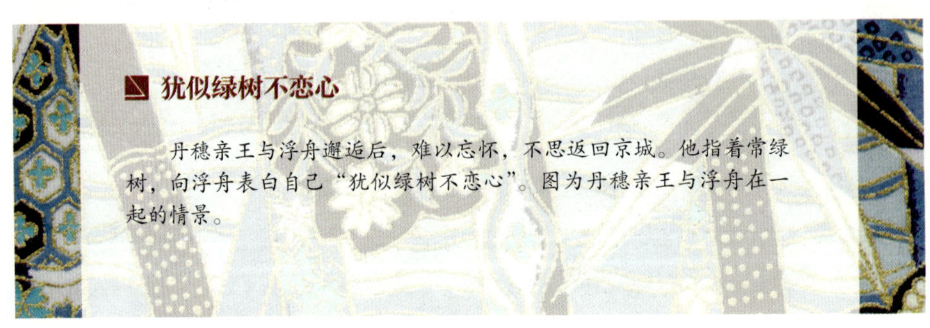

犹似绿树不恋心

丹穗亲王与浮舟邂逅后，难以忘怀，不思返回京城。他指着常绿树，向浮舟表白自己“犹似绿树不恋心”。图为丹穗亲王与浮舟在一起的情景。

但丹穗亲王沉默不语。他在众目睽睽的地方尚且肆无忌惮，此时更加不顾一切了。

平日，浮舟只是一味茫然地遥望着山边的云霞，觉得日长无聊，日暮寂寞。今天她看到丹穗亲王这份心情，令浮舟颇感同情，一向认为薰大将乃盖世无双的美男子的浮舟，如今看到这风流俊美的丹穗亲王，方知薰大将远不如他了。

且说，浮舟在宇治山庄接待薰大将，她想："这薰大将的确是仪表堂堂，态度含蓄，温文尔雅。他不滥用诸如'相思'、'悲伤'等词语，而是巧妙地倾诉见少离多之苦楚。然而，这却比声泪俱下的千言万语更令人感动。她觉得这正是此人的特性。尽管在风流优艳方面不如那人（丹穗亲王），但论忠实厚道，则远胜于那人。那人疯狂般地思念我，我竟怜爱他，实在太荒唐太轻率。如果薰大将误以为我是个轻浮之女子而遗弃我，我将孤苦伶仃，抱恨终身了。"她深感内疚，愁绪满怀。薰大将无法安慰她，赠歌曰：

"结缘长如宇治桥，
千秋不朽无须愁。

浮舟前途却难卜

浮舟遭丹穗亲王的爱情的作弄后，悲叹"浮舟前途却难卜"。他仍不时地来宇治山乡寻访浮舟。图为丹穗亲王泛舟在宇治川的橘岛滩中。

今日可见我的真心了吧。”浮舟答歌，曰：

宇治桥长多断板，
千秋不朽难保障。

此番相会，薰大将与浮舟比往日更觉难舍难分。

丹穗亲王看出薰大将也在深深地恋慕浮舟，更加不放心，千方百计地寻找借口奔赴宇治。他对浮舟说："你看这些常绿树，虽微不足道，但其绿色千年不变。"遂咏歌曰：

泛舟橘岛结缘深，
似常绿树不变心。

浮舟也觉得旅途的景色很珍奇，便答歌曰：

橘岛绿色虽不变，
浮舟前途却难卜。

丹穗亲王觉得此刻无论景致或佳人都极富有情趣。

第五十一回

蜉　蝣

翌日清晨，宇治山庄浮舟失踪了，众侍女万分惊慌，四处寻找，最终还是没有结果。了解内情的右近和侍从，回想起浮舟近日来异乎寻常的苦闷沉思，料想她可能已投河自尽了。

丹穗亲王想道："我们本是相恋的，但她惟恐我变心，深怀疑虑才到他处躲藏起来了吧。"薰大将大概已经听到什么风声，因此严厉斥责守夜人。大雨滂沱，人们闹哄哄的时候，浮舟的母亲从京城赶来。她的悲痛更是无法言喻。她哭道："如今尸骨未见，这到底是怎么回事啊！"她万没想到女儿会投河自尽。

薰大将心想："宇治真是个可恶的地方，也许是魑魅魍魉的场所，我为何让浮舟住在此等可怕的地方呢？"他对自己不谙世故，疏忽大意，深感后悔而痛心疾首。丹穗亲王更觉痛苦不堪，他惊闻浮舟逝世的噩耗之后，神志昏迷了两三天，似乎已经不省人事。二女公子如今已完全了解丹穗亲王与浮舟之事，丹穗亲王觉得再隐瞒下去，对她也太无情了。于是，略作修饰，就将过去之事告诉了她。

薰大将与丹穗亲王两人心中依旧为浮舟悲伤。丹穗亲王在恋火炽烈之时，丧失恋人，更是异常悲伤。不过他本性就是个轻浮之人，为了排解悲伤，他向别的女子求爱的事，渐渐多了起来。薰大将则总是自责其咎，尽管多方照顾浮舟的遗属，然而，还是难于忘却这无法挽回的遗憾。他无论何时何地，依然念念不忘宇治姐妹。在暮色苍茫之际，薰大将不断回忆那段不可思议的、短暂的因缘，无限惆怅与悲伤。忽见许多蜉蝣若隐若现地飞来飞去，薰大将咏歌曰：

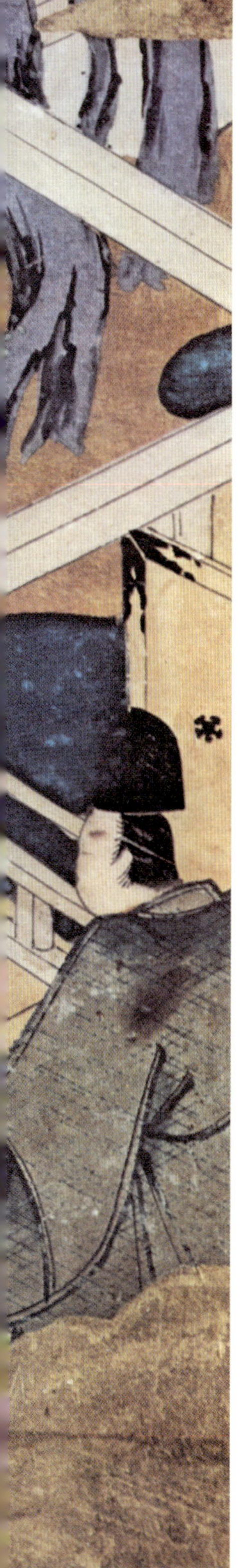

“蜉蝣可见却难捕，
行踪不明终消逝。

世事无常似蜉蝣，‘若隐若现难捉摸’啊！”

第五十二回

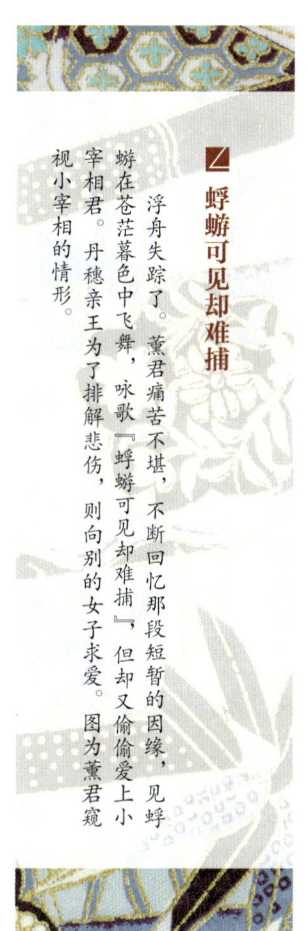

蜉蝣可见却难捕

浮舟失踪了。薰君痛苦不堪，不断回忆那段短暂的因缘，见蜉蝣在苍茫暮色中飞舞，咏歌『蜉蝣可见却难捕』，但却又偷偷爱上小宰相君。丹穗亲王为了排解悲伤，则向别的女子求爱。图为薰君窥视小宰相的情形。

习　字

浮舟失踪前数日，一位住在比睿山横川地方的僧都，带了数人先到了宇治院，环顾四周，觉得这地方确实荒凉可怕。他叫一个能干的下级僧人把灯火点燃起来，只见树林里有一团白色的东西，走近细看，说道："这是个女人。"这女人用衣袖遮掩住脸儿在痛哭。尼僧立即跑过去，发现这是一个非常年轻貌美的女子，品位无限高雅，旋即呼唤侍女把这女子抱进室里。这女子显得有气无力，却还能睁开眼睛来看了看。尼僧对她说道："你说话吧，你究竟是什么人？为何到这地方来？"但她似乎没有反应，似乎快要断气的样子。所有侍女都希望她不要死，尽心尽力地服侍她。这女子偶尔也睁开眼睛，潸潸泪下。尼僧对她说道："唉！真伤心，我知道是菩萨把你引到这里来，代替我痛失的女儿的。你如果死去，显然会更增添我的悲伤。我和你能在此处相遇，必定是前世有缘分。你总得对我说几句话才是啊！"那女子好不容易才开口说道："我即使能活过来，也是个无用的废人。请你避人耳目，夜间把我抛入川中去吧。"

尼僧精心看护这女子，不觉间已过了四五个月，仍未见效。僧都唤来弟子阿梨，合力祈祷，终于制服了几个月来决不显露的鬼魂。这鬼魂借巫婆之口说出："这个女子实在厌世，不断地说'我要寻死'。一天，在一个漆黑之夜，她独自彷徨，我就把她带走。但观世音菩萨多方保护她，我终于被这僧都制服了，我该走了。"鬼魂走后，这女子浮舟顿觉神志也逐渐恢复过来。她想起自己求死不得，终于复生，觉得非常遗憾，反而比昏迷不醒之时更加消沉了。

时令推移，渐入秋季，天空的景色也令人感伤。浮舟空闲无事，每天只是诵经念佛，虚度岁月。她看见年长的妇人抚琴排遣寂寥，不免万般感慨，觉得此身确实毫无意趣，也深自怜惜，习字时写下一首歌曰：

投身急湍欲远去，

谁立水闸挡流水。

浮舟意外获救，反而更增添几分悲伤。

第五十三回

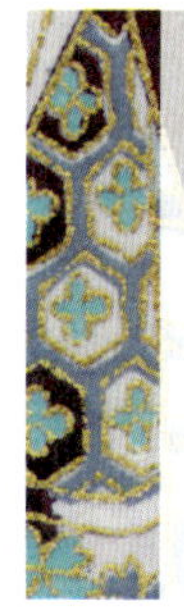

投身急湍欲远去

浮舟终因走投无路，纵身跳进了宇治川。僧都将她救起后，托尼君照顾她住在小野草庵里。浮舟每天只是诵经、习字，打发悲伤的日子。习字时，她写下歌一首：“投身急湍欲远去，谁立闸门挡水流。”图为浮舟在尼君相伴下习字的姿影。

梦浮桥

按照每月惯例，薰大将到比睿山诵经念佛。翌日来到横山，他向僧都探询道：“不瞒你说，我有一个心爱的女子，听说隐藏在小野的山乡里。近日忽闻：她已当了你的弟子，你已给她落发受戒，不知是否属实？”僧都听罢，心想：“果不出所料。我看那女子的模样，就觉得非平庸之辈。薰大将如是说，可见他对这女子的珍爱程度匪浅。”他压低嗓门儿，悄悄地叙述了找到这女子的经过。熏大将略闻此事，故特来此地探询，现已证实这个长久以来以为亡故了的人确实还活着，异常震惊，同时也觉得恍如做了一场梦，情不自禁，热泪盈眶。他决定先派浮舟之弟小君，作为他的使者前往探询浮舟。浮舟隔着垂帘窥视那使者。原来这孩子是自己的小弟，是决心投川的那天夜里最念念不舍的小弟。母亲非常疼爱他，经常带他到宇治来。后来日渐长大，姐弟两人亲爱和睦。浮舟回忆起童年时代的心境，恍如在梦中。但浮舟转念又想道：“现在何必再见他呢，他早已知道我不在人世间了。如今我已削发为尼，再与亲人相见，亦自惭形秽。”

妹尼僧还把小君带来的薰大将的信拆开来给浮舟看。薰大将的信中说：“你过去做了许多无法言喻的不妥之事，我看在僧都面上，一概原谅。现在我只想和

此生恍如梦浮桥

最后，浮舟看破尘世，削发为尼。薰君到小野寻找，浮舟不想让他知道自己还活在人间。浮舟此生恍如梦浮桥！图为薰君的车辆行进在去小野的路上。

你谈谈梦一般的往事，心甚着急。”

浮舟心想：“自己已经不再是从前的那个人了。如若意外地让薰大将看到，该不知多么难为情。”因此心绪纷乱，本来就愁绪满怀，如今更加忧郁，终于俯伏地痛哭了起来，坚持让妹尼僧将信退还对方。

薰大将看见小君垂头丧气地回来，觉得特地遣使，反而扫兴。他思前顾后，不禁揣摩：从前自己把她藏匿在宇治山庄中，现在说不定另有男子模仿他，把她藏匿在这小野草庵里呢。

第五十四回

图片索引